どんぐり姉妹

橡果姐妹

BANANA
YOSHIMOTO

[日]
吉本芭娜娜 著
李萍 译

上海译文出版社

橡果姐妹

我们是橡果姐妹，

只存在于这个网站之中。

您想与人聊天来排遣心中的烦闷吗?

什么时候给我们来信都可以。

虽然我们彼此都要遵守框框里字数的限制，但无论您写什么都可以。

不管花多少时间，我们都会给您回信的。

橡果姐妹

这是写在橡果姐妹网站开头的一段话。

网页的壁纸是姐姐托搞设计的朋友制作的，上面还点缀着可爱的小橡果图案，做得很是雅致。

“想给人写信，却不想写给熟识的人。就是这种时候的绝佳选择。”在这样一个泛泛的理念的指导下，我们姐妹俩独自开始了这项工作。

在一家面向三十岁女性人群的杂志担任撰稿人、颇具文才的姐姐负责写信。

而我则负责根据自己的直觉提提建议，以及承担事务性工作。

如检查回信有无遗漏，阅读姐姐的回信并进行保存，有什么想法的话就和姐姐沟通，没问题的话就发信。

还有，像是给以往发来的信件做做目录，记下这个人上次说了些什么，这样从不同角度给信件做下记录。

我们俩感觉就像是姐姐掌舵开船，我在船头眺望，决定方向，并管理后勤储备。

橡果姐妹的活动，就这样波澜不惊地、平静地运作着。

其中也有很过分的人，也会来很多恶作剧信件，但整体上还算顺利。

寂寞的人才会给我们来信。而隐忍在人们心中的那股寂寞的力量，又限制了我们大规模地传播。

当某人有什么心事想一吐为快或寂寞难耐时，曾经与我们有过信件往来的人，会悄悄告知他我们的名字。

即便成为网络上的话题，我们的工作也没有多大的改变。我们俩基本上都不太忙，因此偶尔的邮件剧增也不会令我们感到恐惧。而这种状况不久之后也会如潮水般退去，又归于平静。有些人则会仿若遗留岸边的小小贝壳，悄然留下。和我们长期保持联系的人也逐渐增多。只要不是确信对方在戏耍我们，我们都会一一给予回信。

只要我们以行动向大家表明：我们不是在游戏，我想大多数人都会感受到的。

姐姐一旦恋爱，就总是不着家。

即便并没有和那人同居，也会兴奋得去美容、美甲，要不就是去买衣服，或是约女友吃饭，聊她的恋爱话题，就这样开始了一系列围绕着恋爱展开的活动，总之不会待在家里。

与此相对，我近来却异常地进入了人生的一个反思期，整天闭门不出。自从姐姐有了男友，家里的空气仿佛全然凝固不动了，我这才发觉自己安静过头了。

几天不出门，头脑中的世界一点点变大，甚至超过了现实世界。然后惊觉自己胡思乱想得太多。

于是稍稍外出作一下调整。就是这样不断重复。

现在只是在低下身，积蓄力量。不这样想，就会被击垮。不是被别人击垮，而是内心的自己移位了。内心的自己移位了，就会传递给周围的人一种异样的感觉，人们对你的态度也会变得怪异。

因此连自己都觉得自己古怪，人也就越发失常了。

自己只是在蛰伏，现在只是这样一个时期。

我保持着这样一种轻松的心态，就如橡果姐妹活动的展开一样，周围的一切也渐渐变得柔和起来。

细细想来相连的这一切，我想，要说现实世界全部是我内心反映并创造出来的，也未必是谎言。

时常外出、乘车，在人群中与人相见，这只会使人因信息过多而无所适从，变得麻木，从而看不清这个真相。

总之，此时的我就是这样一个时期。

橡果姐妹的工作闷头待在家中就可以完成，对于这种状态下的我再合适不过。

极少外出，做菜就成了一项重要娱乐。我一周会去上两次离家有些路程的一家大型超市。就在离结束营业大约还有十五分钟的时候，就像一个终于下定决心钻出被炉的人，一脚蹬上拖鞋，只拿上钥匙、钱包和手机出门。

小时候，真的很害怕夜晚，害怕黑暗、幽灵还有僵尸之类。

姐姐是个恐怖片迷，我跟着她净看恐怖电影了，因此一直认为家里会有未被净化的灵魂半夜出来作恶，甚至到现在我还莫名其妙地觉得死人会在二十分钟后爬起来向活人发动袭击。

现在，我很能理解姐姐她是借着看恐怖片来发泄心头的郁闷，可当时的我，只觉得她的嗜好是那么令人费解。年纪轻轻的姐姐在深更半夜里战战兢兢地看着恐怖片的背影，让人感觉是那么怪异。

如今世道奇怪，反而是人更令人感到害怕。

特别是到了夜晚，一个人走在街头时，如果没有人上前跟你说些什么，能平安幸福地回到家里，这反而是件稀奇事。不怀好意的搭讪、车里传来的叫骂、嘟嘟囔囔经过的行人，这些都是时常会碰到的。

还有，我看过世界各地寄来的各种各样的来信，这有一个弊端，就是让我比平常人更多地见了世间令人恐怖的犯罪、事故，因而更加敏感。

虽然我明白正是因为有这样那样的事，人们这才写信来向我们倾诉，并不是世间的一切都令人恐惧，可心里还是不由防范起来。

因此，我总是抱着“豁出去”的心情去购买食材。

对此，迟钝的姐姐也曾对我说，要是你那么害怕，为什么白天不到处去走走？可我是个夜猫子，总是起得很晚，然后干点这个干点那个，不觉就已经到了超市关门的时间。

日子就这样转瞬即逝，不觉已到了冬天。

我们开始橡果姐妹的工作，已经有一年多了。

自从开始这项工作之后，我想所有接触网络的人也都会有如此感受，那就是接触到浩如汪洋的人心与人心的牵绊之后，就会立刻看到宇宙、真实等这些庞然大物在日常生活中露出其真容。

人会觉得孤零零漂泊在信息海洋中的自己是那么虚幻，也会发现无论是素不相识的人们投来的污秽不堪的恶意也好，还是令人惶恐的盛情也罢，在这广阔的意识海洋之中，如果换算成感情的量，两者也并不会有什么不同。

顺其自然，遵循常规（常规之中当然包含着生存所必需的吃住之类），顺应潮流，接受变化并自己也去改变。这才是正理。

平日所做的，只不过是把这些在现实社会中付诸实施……但果真如此，人们为什么还会欣喜于温暖的言语、亲切的举止呢？我想是因为在肉体阶段，还有兽性的一面吧。

想通之后，我越发真实地感受到活着的奇妙。

与其说是美好或是可贵，还不如说自己像个寄生虫、像病毒一样黏附在这个世界，然后顽强地活下来。

在回旋于宇宙空间的意识夹缝里，我们编织着我们的日常生活。

在这个夹缝的空间里，我们橡果姐妹结成像蜘蛛一样的巢，构建出一个小小的空间。

能确定的只有我们存在于此。

谁都会认为问题是私人的，而实际上在这无限的空间之中，一切都是相互关联着的，这才令人不安。也正因此即便有人近在咫尺，人们还是不由会给我们写信，以此来证实在这无限广阔的宇宙中，投下一枚石子，会在某处掀起波澜，来证实隐藏着的千丝万缕的联系。

那夜，我决定做高丽参鸡汤。

因为我在梦中梦到了它。在那黑色的精美容器中，咕嘟咕嘟炖着乳白色的汤汁，这幅画面我醒来之后仍清晰记得。

家里没有专用器具，也没有卖整只鸡的，而且收拾起来也很麻烦，于是我去买了大块鸡肉，以及鸡身上的各个部位，还有糯米、枸杞、大蒜、姜和枣。

超市里灯火通明。身系围裙的工作人员麻利地工作着，大家都充满善意，让人感觉不到世间的险恶。

虽然时间很晚了，但还有母亲带着孩子前来。

听着他们之间温馨的谈话，我的心变得异常平静。

“有个小朋友可厉害了，把大家都赢了。”

“是吗，真厉害啊。妈妈小时候，那个叫作打陀螺。”

“所以它才叫机械陀螺呀。”

“火锅里面放小蘑菇还是口蘑？”

“我不要不要小蘑菇，要口蘑。口蘑还好点。”

“对食物可不能挑三拣四的。”

这样的对话，是短暂的孩提时代家家都会听到的。父与子、母与子之间的对话永远都不会改变。

就像是男人与女人在床上时的谈话啊。这样想着，我心中忽然有所感悟。

每个人都爱着自己的父母，因而也把那种令人眷恋的感情带到了恋爱里面。即便成为老爷爷、老奶奶，也渴求着浪漫，这是因为对父母的爱恋会与岁月一起增长。

因而真正的成人冷静的恋爱，人类是永远无法实现的。

听着听着，我忽而难过起来，想起了自己的父母。

眼前这对母子充满童真的谈话，我和我的父母也确曾有过啊，虽然已记不清那是多么久远之前的往事了。想到这里，我心中的孤独才略有些缓解。

我内心有一束火红的亮光，如远红外线般，直射进来。就是这样，这个世界并不只是由性构成，还有着父母对子女的思念。当然，深究下去的话，其中或许也牵扯到性的问题。不过，姐姐的想法还是太绝对了。

我一边嘟囔着，一边向收款台走去。自己的身影映在大玻璃窗上。

糟透了！头发乱蓬蓬的，肤色苍白。

这半年来，我去过的地方就只有这家超市、DVD 出租屋、书店，再就是星巴克了。

再过些日子，要打扮起来，出门走走了。也想去看看海。

要不再这样下去的话，怕是哪天想出门也出不去了。

想这些时，是我最平静、最幸福的时刻，会让我流泪。不过，光说也没有用，就等春天来了，翻开新的一页吧。我这样梦想着。

我名叫果子，姐姐名叫橡子。

很奇怪的名字吧？我也这么认为。

“果子”就已经很够古怪的了，至于“橡子”，甚至还有些负面意味[①]。并且我们也不是双胞胎，是预见到了妹妹的出生，先出生的姐姐才有了“橡子”这个名字。

从这点就可见我父母的天真、爱做梦，又与众不同。

---

① 日语中有迟钝、笨的意思。

迄今为止，当我报出姓名的那一刻，不知究竟有多少人问过我，是否取自《古力与古拉》[①]，而后话题又转移到古力与古拉做的那个大蛋糕。书，我攒了好多本，现在连我自己都会做蛋糕了。

最后我总是略有些歉意地说明："我有个姐姐，名叫橡子。我们俩名字合起来是橡果。因为我们出生的那家医院的院子里落满了橡果，我们就是这样得名的。"

"这么说，你们是双胞胎了？"

这也是会被反复问到的问题。我只好摇摇头，虽然觉得他们这么认为也是理所当然。

"差两岁，不知道为什么给合取的名字。"

一次又一次的回答之后，连最后做出的笑容都相同起来。

而为我们取名时的父母的心情却相对渐渐淡去，每次我的心都会一下子飞回那家妇产医院的庭

---

① 日本少儿画册，中川李枝子著，山胁百合子绘。

院里去。

那天清晨，父亲就一直蹲在那里。有枯叶散发出的甜美干燥的气息，还有清新的空气。

小巧玲珑的橡果，混杂在落叶之间，透着光泽，似乎会发出咕噜咕噜滚动的声音。放在手心，慢慢看它温热起来。直起身抬头望去，高大的橡树上面，是万里的晴空。心中满是无条件的喜悦。

回忆起那时的光景，仿佛能感受到当时父亲满怀的幸福和对我们出生的祝福。

据说超声波看到的胎儿（姐姐）的形状和橡果一模一样，另外，母亲临产被送进产房后，在等待姐姐降生期间，父亲在秋日明媚的阳光中闷头捡橡果来打发时间。

两年之后，我在同一家妇产医院里降生，也是秋天，也是和姐姐那时一样的等待。

父亲说，那两次拾橡果，可以说是他人生里最绚烂的时刻。

他曾多次说过，“我是捡着橡果在等着和小宝宝见面呢。有什么比这更幸福的呢?”我们至今仍珍藏着父亲留给我们的那些橡果。

我后来一个人去那里看过。

“我是在这里出生的，能让我在院子里走走吗?”

我这样跟接待的人说。那个人面露诧异，查了查记录，上面的确有我的名字，当时的一个助产士还在，就让我进去了。

医院的院落里，确实有一株巨大的橡树。

“就是在这里吧，父亲就是在这里拾着橡果等着我们的吧。”

我这样想着，俯下身来。

秋日明媚的阳光中，许多橡果散落在枯叶之间。

我流着泪，捡起几颗。

橡果凉凉的，滑滑的，给人一种幸福的感觉。

姐姐出生的时候，父亲毫不犹豫地提出给姐姐起名叫“橡果”。母亲说，好可爱的名字啊。之后，又说：“我一定还会再生一个孩子，把橡果分开，叫他们小橡和小果吧。我想，这样他们两个就会像双胞胎那样一辈子相亲相爱啦。”

母亲和她自己的妹妹关系并不是很好，因而很是羡慕关系亲密的兄弟姐妹。

姐姐常说：“幸亏生了你，要不然，现在就只有我一个人叫橡子了。不过，虽然也会因为名字差点儿被欺负，可我是运动高手，人缘又好，大家总是说我名叫橡子，却还那么有运动细胞。所以或许也不要紧的。”

她觉得自己的名字好就好。我喜欢自己的名字，因为这样的理由而给我起的名字，我怎么可能会不喜欢呢？

我的有着这样一颗可爱童心的父母，却在一次晨跑时被卷入一场严重的交通事故而双双送命。一辆疲劳驾驶的大货车撞上了他们，一共造成了六人死亡。那时，我十岁。

据说那辆大货车是从九州千里迢迢来东京运送

新鲜生鱼片的。

我拼命向上苍祈求：老天爷！我一辈子都不会要求说能马上吃到好吃的；想吃生鱼片了，我会自己长途跋涉去那里；我也一辈子不会邮购生鲜食品，求你让我父母活过来！

可是，没有用。

很长一段时间，我无法吃生鱼片。脑海中的画面层叠交错，感觉就好像是在吃我的父母。

现在，我终于可以偶尔在店里吃吃生鱼片，也能感觉出它的美味了。

每当看到菜单上写着："今晨在远方的某某港口捕获的鲜鱼"，我就会有些茫然，会想起消失溶化在这美味之中的我父母的生命。偶尔也会与那时丧生的六个人的家属联系见面，他们中有人根本不再吃生鱼片。

姐姐劝说他："憎恨罪恶，不要憎恨生鱼片。"同样失去父母的那个人只是苦笑。

存在于这个世界的东西，没有毫无意义的。鱼也好，父母也好，大货车也好，疲劳驾驶也好。

然而也并没有什么更深层的意义。

它们只是存在着，没有好也没有坏。

这样的话，就把今天偶然间出现在面前碟子里的鱼好好吃掉吧，就当作是父母的生命来吃掉吧……我很高兴自己能这样去想。

失去父母之后，我和姐姐辗转生活于各个亲戚家里。

在静冈县叔叔家度过的童年时代，很是平静。

父母遗传给我们的无拘无束的天性也在那里得到了很好的发展。

叔叔婶婶没有孩子，很疼爱我们；虽然茶田的活儿很辛苦，但大家一起干，觉得日子很悠闲，和邻居们的关系也都很好。

走在路上，会有人和你打招呼，让你不会感到孤单。到处是一派自然景象，晚霞那么灿烂，星星月亮也都闪闪发亮，随处是温泉，冬天比较温暖，春天万物焕发出勃勃生机。

当然，村子里也有不受欢迎，或是爱说人闲话的人。大家都适当接纳、宽容对待他们。在温和的气候下，人们的感情同四季一起缓缓轮回。

赏着明月，和叔叔婶婶四个人一起在院子里喝新茶；一起去温泉，和婶婶互相搓完背，乘着凉悠闲地等着叔叔从男浴室里出来……我永远都忘不了曾得到过那么多点点滴滴的幸福。

然而，不久后叔叔心肌梗塞发作猝死，只剩下了婶婶一个人。

之后的一段日子里，我和姐姐帮忙整理着遗物，干些田里的活，支撑着婶婶度日。我负责家事，和姐姐组合在一起生活的模式，我想就是在这时形成的。

婶婶表面很乐观，可那段日子的回忆里全都带着淡淡的寂寞。

无论做什么，想起纯朴善良的叔叔，我们都会大哭起来。

不久，只我们和婶婶三个人连田间的管理也很难维持下去，婶婶把茶田合并给了同村叔叔的一个朋友，他也是个鳏夫。几年后，他们结了婚，于是，我们自己提出来要离开。

那位成为婶婶丈夫的大叔当然是个好人，可不管怎样，我们和婶婶没有血缘关系，这正是时机离开。婶婶也挽留过，可看情形，显而易见我们会成为他们的负担。

我们俩满心想自己过，可实际并没有我们想得那么天真，因为我们还未成年。父亲生前的一位律师朋友和我们的亲戚达成了一个协议，我们暂时被与母亲关系不睦的那位姨妈收养。

那时，我读初中，姐姐读高中。

在姨妈家里，我们感觉就是一个真正的寄居者，抬不起头来。

在那个家里，我第一次体会到了寄人篱下的压抑。

不能通过劳动偿还，这是最令人痛苦的。单方面接受对方的照顾，让我觉得就像是看不见的借债越积越多，另外，我也有个不祥的预感：这一切，最后一定是要用某种方式去偿还的。

姨妈嫁给了一位有钱的医生，家里总是有保姆在，因此，既没有必要帮忙做家务，也没有衣物要洗。

我们两个人住在一个房间里，房间布置得很漂亮。为了补上落下的学业，考上私立高中、大学，他们还给我们找来了家教。本应该感到高兴的，可我们的心情一点也不轻松，也没有感觉生活有了提高。

他们怕别人说“让收养的孩子出去打工”而没有颜面，因此不准我们打工。我们所能做的只是好好上学，认真学习。

那种生活开始后不久，我发现建筑物之间的山竟消失不见了。

我也不习惯清晨那并不清新的空气。我深切体会到了在城市里变得不安的阿尔卑斯少女海蒂的心情。少了些什么，精神缺氧，我几乎每天都会梦到大山、田野。

习惯了田间劳作的我们，也打不起精神把体力消耗在社团活动中。

之后不久，我和姐姐就分开了。

姐姐离家出走，而我则被一个人留在了那里。

那段日子的我，不像现在这样，只是有时蛰伏家中，而且精神上已到了危险边缘。加之处于不稳定的年龄，我出现了幻视、幻听。

由于这样的原委，在朴实、贫穷、安静而又古怪的父母，而后在乡下叔叔婶婶温暖呵护下长大的我，再加上青春期特有的狭隘的价值观的影响，与喜好奢华的姨妈之间，完全没有任何共同语言。

我既不懂得舒适生活好在哪里，也感觉不到出去吃大餐的魅力，更不觉得姨妈穿的华美面料、设计夸张的服装好看，总之，我们之间没有话题。

他们夫妇俩也没有孩子，姨父基本不在家，姨妈也常常外出。他们两人也经常一起出门，因此并不像是关系不睦，可也算不上一个有着温暖氛围的家庭。

从某种意义上来说，这对我们是件好事。过不多久，我们就会换换心情，我、姐姐，还有保姆一起高高兴兴地做点心、做饭；看姨父收藏的许多DVD电影，姐姐晚上会偷偷溜出去玩，就这样我们过得很自由。可顺理成章的，有一天，他们提出要正式收养我们姐妹，并想让我们中的一个或是两个人都能嫁给医生。

姐姐说她会好好学习，当个什么医生（只是这么个托词，我想，很明显她的目的是想上医大以赢得时间，而不是真有意那么干），可相亲她不干。他们不同意，大吵了一场，于是姐姐就离家出走了。

“我一定会来救你的。不让你嫁给医生，也不让你做这儿的养女。这我已经跟爸爸的那个律师朋友说好了，你安心等着我。”

一天夜里，姐姐把我叫醒，酷酷地说，很有些自我陶醉。然后她把重要物品塞进拉杆箱，走出门去。

那是个雪夜。

我从阳台上看着姐姐消失在黑夜里。

头上、睡衣上都落满了雪，听着姐姐行李箱的轮子拖过路面的声音渐渐远去。

最后再回头看一眼！姐姐，再看一眼！

我默念着。姐姐回过身来，朝我挥挥手。只见街灯映照下的雪光中，她那模糊的黑色身影，在微微笑着。

回到屋里，有生以来第一次只剩下自己孤孤单单一个人了。

空荡荡的房间里一下子只剩下了自己的气息。姐姐用过的桌子、床都还在那里，可姐姐却不会回来了。

直觉告诉我，姐姐再也不会回到这里住了。

自然，姨妈、姨父都很生气，可他们说姐姐已经成人了，也就没有报警。

一有消息，我就会告诉你们的。别想得太严重。我也一再这样恳求。

姨妈很快就放手不管了。她像是觉得少了个麻烦，并不很担心。再者，她也觉得反正我也会和姐姐取得联系的，因而完全放下心来。不是亲生父母，就是这样子啊。我不禁感慨。姐姐离家出走不被重视的另一个主要原因可能也是因为我们有律师吧。

姐姐不在了，我在那个家里更难待下去了。我或是尽可能在外面（说是外面，我是个老实孩子，也只是去书店、漫画咖啡吧、图书馆、商场等地）闲逛不回家，或是一直待在屋子里不出去。

饭我也不怎么吃，人很快就消瘦下来，肾脏功能像是出现了问题，检查时也查出来了。

更为严重的是，姨妈家里闹起了鬼。柜门会突然打开，收音机的声音会一下子变大。

我给带到莫名其妙的寺庙里去驱魔，接受手上戴着比姨妈更夸张的戒指的大婶的审视，可什么也没有改变。我很孤独，孤独的我把心封闭得越来越紧。我也去过心理治疗，可那些都只是为了让姨妈满意才应付她去的。

我越来越虚弱，最后一直卧病在家，学校也去不了了。

那期间姐姐她在做些什么，我并没有详细问过。

在夜店陪酒，到朋友家挤几天，和男人同居，不过，她说她在攒钱来接我。

后来姐姐发现，这样无论干到什么时候也解决不了问题，于是便直接去了以孤僻著称的爷爷那里谈判。

那位律师也被请来在其中斡旋，这样在确保与姨妈之间没有金钱、法律方面的纠纷之后，爷爷正式收养我们作了养女。那时我十六岁。

爷爷的确沉默寡言，不善与人交往，是个怪人。自从奶奶过世之后，他与亲戚之间便几乎没了来往，可是他喜欢读书，是个品行高洁的人。

他公开表示过和别人一起过不来，一个人最好，就这样自己一个人生活。可年纪大了，必须要人照顾，因此这才跟我们妥协。

可实际在一起生活后，我发现爷爷是个很好的人。

自己的事情尽量自己做，踏实勤恳，只要有书，就能沉浸其中，在书的世界畅游。他刻板然而洁净的生活方式，不像是居住在东京，而像是住在森林里。

爷爷眼睛看不见之后，我们就把那些晦涩的书念给他听。这让我们从中受益匪浅。特别是一边照顾着爷爷，一边孜孜不倦地阅读藏书、积蓄着力量的姐姐。我想，她原本的文才就是在这期间开花的。

我们的母亲是连环画作家，父亲是编辑，因此，这并不在情理之外。我很高兴看到姐姐不断展露她的才华。我并不嫉妒，反而希望自己能有助于她展露才能。

胜利取得在爷爷家的居住权之后，来接我去爷爷家的姐姐就像圣女贞德一样威风凛凛。

骨瘦如柴的我，根本站不住，坐不了电车。出租车上，我被裹在毯子里，靠在姐姐肩膀上。

“不准吐！”姐姐小声说。

姐姐的说法听起来很无情，然而她却哭了。眼泪，从她直视前方的细细的眼睛里，扑簌簌掉下来。她的面颊，在夜晚灯火的映照下，宛如博多人偶，亮晶晶地闪着光。

“谢谢。”

我说。

我根本不要紧的，姨妈家，再待五年，再待十年也行。

姐姐摇摇头，没有说话。

夜晚的东京好美！一直闭门不出的我这样想着。天空透着微微亮光，我们就像滑过湖面的天鹅，稳稳前行着。

谢谢！把我从那里弄出来。我什么都可以为姐姐去做。我这样在心里默念着。

在与自己不合的地方，一点点耗费掉心力，这样下去，人是会病倒的。我不禁感慨于人的坚强与脆弱。

姨妈他们并没有使唤或虐待我，我也并没有和他们发生什么剧烈冲突，只是把自己的心封闭了起来。因此我一直以为并不要紧，谁知不知不觉间情形却恶化至此，令人难以置信。

人就是这样简单，每天除了食物以外，还需要别的东西。

也包括氛围、思想。

之后来临的在爷爷家的日子，是令人难忘的宁静。

在我们搬去那里的几年前，爷爷他就因脑中风而倒下，并留下了右腿麻痹的后遗症，需要人来照料。他也不喜与邻居来往，基本上是自己勉强度日。

购物都是上网网购，吃的除了偶尔从网上订餐，几乎都是吃干菜。真能坚持。

收养我们的时候，他外出时就已经需要轮椅了，可是也因为不大外出，他在家里要不就拄着拐杖，要不就爬，或是扶着墙行走，那样应付着。

他不常洗澡，可总是穿戴得整整齐齐。可整洁的外表下开始露出了破绽，并且由于新鲜水果、蔬菜以及蛋白质摄入不足，身体每况愈下。正当他觉得这样下去不行的时候，姐姐跟他提出了要求。

爷爷想，反正自己死后东西都是要归我和姐姐的，因此这才勉勉强强答应下来。

家里自然乱七八糟，我们俩好一顿打扫，并在不引起爷爷反感的前提下，对家里进行了适当的改造装修。这些活对于经过田间锻炼的我们来说，是很令人愉快的。

我们把起居室改作了爷爷的房间，并修缮了起居室与厕所间的通道，打通了墙，使爷爷能自己一个人去书房。我和姐姐都注意不烦爷爷、不大声说笑。这样，爷爷他也很快习惯了这种生活。

饭菜用餐车送过去，让他自己吃；上厕所他也基本能独立完成，我们只是在他叫的时候过去，准备好必要物品就行了。

“有喜欢的书，就拿去。”

他常这样说。

我想，把书借出去，这对于他来说，一定是件相当大的事。不会是像把命分一点给别人那种感觉吧？

“有人在家里晃来晃去的，您不会讨厌吧？”

有一次，我去把洗好的衣物放到衣柜里时，问了他一句。平时，在爷爷面前，除非是他跟我说话，不然我都默不作声。而那天，我看爷爷把书放在膝盖上（那天他在看洛尔卡[①]的诗集），正向外眺

① Federico Garcia Lorca（1898—1936），西班牙诗人、剧作家、戏剧导演。

望，因此想跟他说说话。

“最近觉得这样也挺好的。”爷爷回答。

直觉告诉我，此刻我再多说些什么，就会像贝壳猛然夹紧，像合欢树闭拢叶子，爷爷他会不高兴的。于是，我只是点点头走出了房间，甚至没有露出笑脸。

心里有种感动，就像是与一只渐渐靠近的野生动物生活在一起。

那之后，我和姐姐一直跟爷爷生活在一起，照顾他，过着平静的日子。在别人难以理解，却是充满爱的生活中看护他到最后。

那处共同居住的五居室的老房子和遗产正式遗留给了我们。虽然要缴纳固定资产税，有点令人心疼，但我们还是选择了在那里守着对爷爷的思念暂时生活一段日子。

我们看着病痛中的爷爷走完生命的最后一刻，悄然离去。那时，姐姐三十岁，我二十八岁。

举行完葬礼，和律师一起办完了遗产交接手

续。虽然姑姑说我们做这些都是为了遗产，听起来很刺耳，可我们和爷爷是有正式协议的。

“她们给我养老送终，我就把房子财产都给她们。要是她们对我没感情，我一眼就能看出来，我不愿意了，会立刻取消协议的。”

爷爷对大家说得明明白白。

这件事情也给了我们自信，自己可以像成人那样堂堂正正地处理金钱问题。

可以不用晒被子了，不用洗那么多衣物了，不用拎那么重的东西回来了，不用每周送爷爷去一次医院，不用担心他生褥疮而不断给他翻身，不用熬粥，可以长时间外出……可是，爷爷却不在了。

每每想到这里，心中只有迷茫。即便是在终于接受爷爷离去这一现实之后，我们还是一片茫然。

早晨，佛坛里供奉上鲜花，献上香，便再无事可做。

这种状况对于干惯活儿的我们来说，有些难以忍受。

两个人一起去旅行吧，已经有十多年没有两个人一起出去过了。一天早晨，我们俩临时起意，去了箱根的温泉。

虽然也曾轮换着外出过，这十年间也曾各自约会过朋友，去吃过饭，谈过恋爱，可要说到两人一起外出，就只不过是深夜里去餐馆稍作喘息。

这么久不曾在外面睡过，我们俩怎么也睡不着，熄了灯之后还是唠叨个没完。

我们都穿着浴衣，躺在陈旧的榻榻米上又薄又硬的褥子上。

因为是突然决定，住的旅馆并不算高档，很有些破旧。不过，温泉很舒服很干净，这就最好不过。

整个旅馆空荡荡的，像是给我们包下了一样。除了远处传来的河水声，再听不到别的声响。我们俩的声音在天花板上空回荡着。

姐姐问："今后，怎么办？"

这种迷茫的心情一直弥漫在我们俩之间。

说是自由了，可我们还不懂自由是什么，如同得了思乡病那样，只是想见爷爷，心里一味这样想着。

“我想在那里住一阵子，要是可能，姐姐也一起住吧。”我这样回答。

“我想平平静静地过一阵子。再说，说不定爷爷的灵魂还留在那里呢。真是那样的话，我们不在了，爷爷会寂寞的。”

“是啊，马上卖掉的话，爷爷会不高兴的。”

姐姐接着又说：“我也没打算马上卖掉，我想暂时在那里住着，好不容易能安顿下来了。我这个人，最喜欢恋爱，可我不想结婚。钱呀、遗产呀，我已经受够了！都是结婚引起的。现阶段，我不想跟那些扯上关系，只想干干净净地来、干干净净地去。这就是我的人生目标。”

“说得好听。婶婶再婚、在姨妈家让找个养女婿、去爷爷家，这些虽说没牵扯到什么大数目，可我们迄今为止的人生里，跟钱有关的事情有多少啊？或许没有父母的孩子都是这样的吧。”

我又说：“或者暂时什么也不干。”

“好，我们两人暂时就这样子在那里过吧。”姐姐这样说。

“好的。”我回答。

无论是在现实里，还是在抽象的含义上，我们俩都没有急着要去的地方。

不用像从前那样做别人的帮手，而只是为了自己生活。这种日子，我们几乎不曾有过。

现在，只想把手里、肩头不必要的重担卸下来。

就像疾病一样，照料别人，已经完全成了我们的习惯。是这种习惯，让我们生存下来，同时也紧紧束缚着我们。

护理爷爷时，姐姐也正经谈过恋爱。可对方一旦得知她还带着一个颤颤巍巍的爷爷、一个没有工作的妹妹，大都反应极端。

不是悄悄离开，就是信誓旦旦地全然接受。

而姐姐在恋爱最初的那个阶段就中途放弃了。

或许，姐姐她还不明白什么是真正的爱情。或许，她无意为此花费时间。

“要是我们哪个要结婚了，结婚的那个人就离开那个房子，怎么样？别的人去住，我想爷爷会不高兴的。”姐姐这样说。

“不用那么计较吧？”

“也是。到那时再看情况吧，索性卖了房子，把爷爷的东西、钱分了，我们分开住也行。看情形再决定吧。也要看对方家在哪里，经济状况怎么样，分居结婚的也不是没有，也可以改造成两户来住。”

“说不定结婚的是你呢。”姐姐说。

“我对结婚根本没概念。现在连男朋友都还没有呢。”

我最后一次与男人交往，是在数年前。他是我常去的附近一家药店的药剂师。由于我只顾一心照料爷爷，最终还是散了。

“不过，到现在见识了那么多人，我觉得女人有了遗产、房产，只会惹来麻烦。还是别太宣扬的好。那种想要房子的男人，当然，还是别和他结婚为好，可多数情况，对方是不会跟你明说的，只是暗地里计较。而且，拥有的东西，大家都不希望失去，这是人之常情。如果自己喜欢的人跟我提出房子的事来，我也不好强烈反对。可不卖，也换不成钱，没法分，结果最后变成谁住着，谁就赢得房子。我不喜欢这样。所以，到了那时，还是尽量把房子卖了，把钱分了吧。”

“我想，只要我们意见一致，凡事都能顺利解决的。再怎么爱得死去活来，也不要紧的。另外，还有一件事想跟你商量。现在，我们要是节约的话，不工作也能吃一阵子。另外，我还写稿子，也不是没收入。”姐姐这样说。

“是啊，可我还是想干点什么，或者出去打打工。反正不用老待在家里了。虽然还不能做到彻底无忧无虑地出去。”我说。

“我行，我转换得快。你就按你的步调来好了。我还有个想法。”她又接着说：“我觉得人应该为他人做些事情，什么都可以。那样做，人才健康。照料爷爷直到他过世，从这件事情上我们获得了很多东西。语言可能难以表达，不只是钱、房子，而是爱。我在想，有没有什么我们能够胜任的、能发挥我们才能的工作，可以让我们回报上苍呢？”

“照顾其他老人的事，我可不干。”我说。

我这么说，是因为极度的悲哀，使身体也懈怠起来，眼下什么也不想做，只想好好回忆；想老爷爷老奶奶们手上脚上的皱纹、薄薄的皮肤；想闻老年人身上的气味，即便是小便味儿也行，想照顾他们。这种想法我不知一天会出现多少回。我想姐姐也是同样如此吧。

“我也想过。”姐姐又说：“可再找不到比爷爷更好的老人了。再说，我们有挑人照顾的想法，也就算不上专业。我想，我们只是爱爷爷，并不是爱所有的老年人。通过爷爷，把爱延伸到所有的老年人身上固然好，可人不能老盯着从前不放。”

“说得对，姐，你说得真好！”

我满心敬佩。自己心中对往日的眷恋之情，就像雪一样完完全全融化在了姐姐这准确的表达之中。有时，她的语言中就蕴藏着这样的魔力。

这时，姐姐提出了橡果姐妹的设想。

看起来很难，但我觉得只要不收钱，应该是个好主意。

不收钱的话，回信即便不合对方心意也不会有责任。因为只是单纯的通信。不为赚钱的话，就可以不用宣传，也就不会为来信太多而苦恼。

“不过，这样一辈子没有收入，我有点担心。”我说。

“我会继续撰稿人的工作，抽空义务回信就行了。只要心里认定那是正业，即便撰稿人的工作再辛苦，收入减少了，我想我们也会活得很好。”姐姐她又说：“只不过我不太细心，想让小果你管理邮件。”

“这我行。”我又说：“家务也交给我吧。饭我什么时候都能做，你偶尔帮忙打扫打扫就可以了。”

“那就一起干吧。”姐姐说。

脚热乎乎的，头发、皮肤都滑溜溜的，饭菜也还算可口，我已经很幸福了。虽然褥子又薄又硬，可盖的被子却软软的。我再不需要其他了。

“我们两个，一起起一个组合的名字吧。”姐姐提议。

“就像藤子不二雄[①]他们那样。”我说。

“我是F。”姐姐说。

“不要，我是F。丧黑福造、魔太郎[②]那种人，我可想象不来。小怪物倒是可以考虑。小怪物，好酷啊。”

说完，我又随口问她：“姐，你不是会打高尔夫吗？一定是A了。”

---

① 日本漫画家藤本弘和安孙子素雄两人的共同笔名。组合解散后，藤本改名藤子·F·不二雄，安孙子改名藤子不二雄A。

② 丧黑福造、魔太郎、小怪物均为藤子不二雄A作品中的人物。

见姐姐没有回答，我看看她，只见她望着天花板，说了句："或许。"

不知道她这个时候说"或许"是什么意思。

虽然如此靠近，我对她却还有许许多多的未知。

"叫'奇爱和我'怎么样？有本小说讲的是和不中用的亲戚一起住的上班族的故事，那个怪人奇爱的角色，绝对符合你。"姐姐说。

"是这个或许呀。这个，我觉得还行。"我点点头。

向身旁望去，见姐姐望着天花板，心满意足地微笑着。

真是个怪人。我又一次这样想。

就这样，我们决定以"橡果姐妹"作为笔名。自然，姐姐是觉得"写小说，又是姐妹，只有这个名字好"，另外还参考了"叶姐妹"与"大森兄弟"① 才这样起的名，不过既没有人来抗议，也没

---

①"叶姐妹"与"大森兄弟"均为日本组合名。

有双双收到约会的邀请，想不出其他组合名称的我们就这样平静地生活着。我和姐姐就这样成了一对工作上的拍档。

因为有段时期曾经分开过吧，我对姐姐的感情，并不是那种无拘无束的亲昵。

我们性格迥异，之间的感情更像是表姐妹，或是仅仅共有不能与他人分享的儿时回忆的伙伴。

橡果姐妹：

家里有病人，不能全家一起去旅行，心里很难过。

不能自由行动，很痛苦，心情很坏。

咪咪

您好。

爷爷在世的时候，我们两人不能一起出去旅行。因此，要是谁去旅行了，就会把好吃的饭菜、美丽的风景照下来寄回去。或许很容易让对方觉得“嫉妒”“羡慕”，可我们都很单纯，或者是努力去做到单纯，说完“看上去很好吃啊”“好美”，就又忙着照顾爷爷去了。照料病人，遇到的并不都是好事，爷爷也是人，有时也会朝我们发脾气，可还是觉得能跟爷爷在一起很幸福。

橡果姐妹

这是写给橡果姐妹的邮件与回信的其中一例。

大概就是以这样一种平平常常的感觉一直延续着邮件往来。

一天多时有百封，少时二十封左右。一天内同一个人即使写来多封信，基本上一天也只回复一封。

回复的内容就这样尽是些平常事，渐渐地，对方的回信也变得像拉家常一样。我们并不纠正，或是从正面迎合他们，只是起着补充他们生活中欠缺的平淡谈话的作用。

大家都渴望着与人闲聊，可或是一个人生活做不到，或是家人作息时间不一致，或是净说些有意义的话说累了。那些闲谈，是怎样支撑着人们的生命，对此，人们却少有觉察。

我会把看信后想到的跟姐姐说。

那时，我在给爷爷擦脸、擦脚，接到了在外旅行的姐姐的来信。和男友一起堆雪人呀，真好啊。心里面，仿佛感觉到了冰冷的雪花飘然降临，肺里的空气也变得清新起来。

姐姐是真心想让我看看美丽的风景，我也完全感受到了她的这份心意。

要是想让我羡慕的话，就不会这样了吧。

姐姐听完，连连称是，写下了开头那封信。

姐姐总能奇妙地在尽可能简短的篇幅里把信写得柔美而又略带忧郁。

心怀善意，说着家常话。成立橡果姐妹后，我们两个人的话合二为一，构成了橡果姐妹这一新生命。那既不是我，也不是姐姐。

因此，当有熟人问我们："小橡，小果，你们是不是就是橡果姐妹?"

我们会说："不是。如果是我们，才不会起那种显眼的名字呢。"

对方再疑惑，也会点点头，佯装不知。

压力锅里焖着我仿制的高丽参鸡汤，一边处理着事务，不觉已到了夜里三点。

姐姐还没回来，我却已很满足了。

深夜的房间里飘满了鸡汤和高丽参的香气。

窗户朦胧，窗外的灯光形成一个模糊的彩虹色圆圈。

我觉得没有比这更幸福的了。

这么幸福可以吗?自从开始生活在这里之后，我曾一遍遍地这样想过。特别是在平静送走爷爷后的今日，不再是借住在别人家里，光这一点都足够令人开心了。我心里充满了成就感。

活着，头上有屋顶遮风避雨，房间里有暖气，不是独自生活，房间里飘满饭菜香。好开心！就这么单纯。不奢求什么特别的，只要能明白自己的心就够了。

正这样想着，喝着参鸡汤，响起了钥匙开门的声音。姐姐喝醉回来了。

她醉得晃晃悠悠的，连脱鞋都很吃力。

“什么?！参鸡汤呀。”姐姐说。

“‘什么’是什么意思啊?”我问。

“我刚刚吃的就是参鸡汤，和男朋友。他妈妈是韩国人。”姐姐说。

“北边？南边?”我问。

“我一句也没提过北朝鲜呢。是韩国！我说他妈妈是韩国人。说是他妈妈家在首尔。”姐姐说。

声调有些高，语气却很柔和。我想，她又陷进去了。姐姐的人生就像小猫一样好懂极了。

姐姐她就像和男人上过床一样，面颊微红，泛着血色，丝毫不显疲惫，皮肤像是发酵般滑爽。我想，看这情形，她是停不下恋爱的脚步来了。看她从头到脚，连走路姿态都改变了。真有意思。

姐姐并不是男人喜欢的那种类型。她眼睛比我还小，满身肌肉，肤色黝黑，运动型的瘦长身材。我们是姐妹俩，长得却不像。我肤色白皙丰满，给人感觉笨拙。容貌非要形容的话，更偏向可爱型。

我很少恋爱，而姐姐却是常常恋爱。

迄今为止，姐姐的男友我只见过几个，相貌都很难看，四方脸，男人味十足，体型不错，可总感觉有些柔弱。

“我太爱他了，对他无可挑剔。”姐姐说。

“姐，每次你不都是这么说？现在还行，等过了三十五岁，得改改了。到那时也没人喜欢了，会不好过的。大家写来的那种信，我们不知看过多少封了。”我说。

“不行，我就要这样。”姐姐又接着说，“虽然也想过减速，可我还是会坚持下去的。我又不生孩子，这样，我相信可以坚持到五十五岁。”

我心想，这哪里是执笔给人回信的人该说的话。更何况她又不是做运动员。

“喜欢就好。”我淡淡地说。

“我没兴趣结婚，我只喜欢恋爱开始的感觉。这时候，什么都不用干就很幸福了。连呼吸都是幸福的。”

姐姐眼睛里闪烁着光芒。

“我希望我能把这些回忆全部带到坟墓里。等老了，就这样一个一个回忆着曾经的他，活在甜美的记忆里。好棒!”

说完，她去洗澡了。浴室里的她，一定还会细细回味今天的记忆吧。洗澡时间分外长，这也是恋爱中的姐姐的一个特点。

另一方面，我虽然没有在恋爱，却也觉得无比幸福。即便不说出来，也有无尽的幸福回味。

虽然曾经经历过小小的打击，但我灵魂的内核并没有受到压迫。

虽然曾有过奇怪的念头，但只要不在意，伤很快就会痊愈，幸福会从每个角落涌出。

我想，可能这就是生命力吧。

因而，虽然儿时曾有过许多不幸，自己却并没有被扭曲。即使多少有些扭曲，一点点把它矫正好，就会健康长大。

矫正，并不是使用矫正器具，而是需要积极的思想、精神治疗、占卜、适当的运动，还有一点点磨炼，不过现在的我不需要这些了。

我想最重要的是磨砺自己灵魂的内核，温暖它，细心包裹好它，重新给予它作为核心的地位。因为最明白我的只有我自己。这并不是固执，而是我的灵魂告诉我，这样最好。

成长的过程，是缓慢的。就像水中花渐渐开放，就像吸水膨胀的海绵慢慢鼓成几倍大，这样静静感受时间是最强大的。

或许我也能像姐姐那样，露出狼般的牙齿，离开照顾我们的家，一个人在原野上生活；也能那样在婶婶家安居下来干农活；当然也能和医生结婚；

说不定也能成为专业看护。那样，或许会远比橡果姐妹更活跃于这个世界。

然而，我选择了自己认为能“感受到爱、感受到自由”的东西。我决定要尽自己的力量帮助坚强却有点偏执、有些让人放心不下的姐姐，过简朴的生活，把生来时父母给予我的那么多闪光的东西，用我的一生培育它长大。

不知会有什么事情在前面等待，我不由为之精神振奋。

眼下，除了继续橡果姐妹的工作，再没有别的打算。

那种未知的感觉最好。今后会如何越过人生的波浪，心里对此充满期待。

却不知为何，有什么东西拉住我，不让我外出……为什么会这样呢？我心中有些困惑。

可能是看见姐姐极度兴奋的样子，心中想着恋爱的事睡着了吧，我做了一个奇怪的梦。那梦活生生的，就像是现实。

梦中，我看到了那个第一个发现我的好的男孩子的身影。

在类似中学教室的一间很大的房间里，总之是一间有着很多人的房间，他来回走着。

我一直盯着他看，不知为何却不敢跟他讲话。

可眼泪却流了出来。他的侧脸、他那沙哑的声音、极具特点的流畅的动作，都是我在这世上最为珍视的宝物，甚至觉得比自己更加重要。

他身穿校服，看来那里果然是中学。向窗外望去，两边栽种着银杏树的校门前的通道，闪耀着白色光芒。

就像我过去总是在一旁默默注视他那样，梦中的我也只是看着他的一举一动。看看就足够了。感谢上天！让我重又见到他。我心里一次次这样想。

仅仅就是这样一个梦，而我心里却发狂般的难受。宛如时光真的倒流一般，心里是无尽的憋闷与苦楚。

现实生活里，这幅画面是我人生最感空虚的那个时期里常常见到的。去了学校，我也能像其他人一样，虽然多少有些内向，有些孤僻，但也有朋友，置身于那些有着光明未来的人群之中，许许多多的事情都能够被忘却。

可是，一回到家里，就是一直待在房间里不出去。

就这样寄居在姨妈家里，读高中、读大学、找份工作、攒钱，然后离开那里，这条道路看起来是那么遥不可及。或者去相亲嫁给个医生？那时，我刚刚失去姐姐，重压下肾脏出现了问题，易疲劳，睡不好觉，时常做噩梦，常常觉得有幽灵出现在眼前，弄得自己疲惫不堪。

我要定期去做肾脏检查，每次要像傻瓜那样喝下好多水才行。

真的，自己像个傻瓜。喝下那些装在水桶般大小的容器里的温吞水，然后排尿。

每次都觉得自己像是漫画中的人物。

要真是那样反而好了。就可以不用打那么痛的点滴、做讨厌的尿检了。正是最难启齿那种事情的时期，却不得不对护士说："我今天来例假了。"医生那里也总是说些令人厌烦的话："肾脏再这样恶化下去，要透析的话，就会这样这样……"

我自己一个人被控制盐分摄入量，菜寡淡无味，大酱汤变成了大酱水。青春期很容易饥饿，学校提供的含有盐分的饮食，我吃得那么津津有味、那么狼吞虎咽。我觉得这样的自己既丑陋又可怜。

难看死了！脸色也这么差！我怎么是这样呀？真逊！

每次照镜子，我都会这样想。镜中映出的是失去了圆润光泽，处于青春期紊乱状态下的自己那苍白的面容。

正是那时，有个叫阿麦的男孩子，坐在了我的邻桌，他总是讲些笑话逗我开心。

他是不是喜欢我啊？一开始我就隐约觉察到了。因为当座位排好的时候，他脸一下子涨得通红，甚至因此老师都叫他去医务室量量体温了。

我在那之前就一直喜欢他了。

喜欢他背有点驼，喜欢他的不通世故，喜欢他自然舒展的动作。即使有一大群男孩子走来，我也能从中一下子找到他。

虽然他长得纤细瘦弱，但我发现实际他并非如此。他擅长运动，只是看起来比别人动作稍多，重心低，因而显得缓慢。他就像猫那样，没有多余的动作。他父亲在夏威夷学过传统航海术，参加过皮划艇比赛，并且在湘南的海边开了一家店，在那附近教孩子们海上运动。听说他也会冲浪、会划皮划艇。他和我是那么截然不同，和别的男孩子也不一样，是那么的帅气！

那时，还不兴什么户外运动、环保运动，同学们感兴趣的足球、棒球联赛、电视剧，还有游戏等话题，阿麦他一句话也插不上，在班里属于怪人一列。

“小果，你也能去海边就好了。”

有一次，他突然这样对我说。我有点不敢相信自己的耳朵。

“我？去海边？得去医院的我？”

只不过是说我肾脏不好，可我怎么竟会那么悲观。去去海边，也不会有什么大不了的。只要不是去咕咚咕咚大口喝海水就好。

“是啊，去海边。去了，就会好起来的。我小时候也过敏呢，可现在全都好了。”阿麦说。他说一开始他很讨厌大海，因为皮肤会给晒得又痛又痒，又怕溺水，可渐渐喜欢上了大海，现在自己一个人也会去，有了许多朋友，皮肤也不那么娇嫩了，太阳晒后，只不过肤色变黑而已。大海、阳光对身体很有益处啊。

直到现在，我还常常会想，如果我对那么热心讲给我听的阿麦这样说，情形会怎样。

“那阿麦，你带我去吧。”

可那时，我并没有说出口。

我不想打断他的话，我想倾听他那如波浪般起伏的声音。对我来说，忘记现实才是最重要的。我希望能回到家里，反复回味着阿麦对自己可能有的情，心里装着满满的他，躲到那个世界里睡去。

“下次。”阿麦说。

“?”我反问。

他脸通红：“不是，将来有空吧。”

虽然只是简单的一句“下次”，对于我来说，却是比爱的表白更想听到的话。

那份余味悠长，虽然之后也曾数度与几个男子认认真真谈过恋爱，可我觉得再也体会不到了。

明天去学校，就又能见到阿麦了。就是这，支撑着我活下去。看着受到父亲、母亲悉心照料，周末会去海边尽情运动的阿麦，我会忘记自己失去了父母。那么健康成长的他，周围都是充满朝气的女性的他，却能发现这么孱弱的我的好，仅此一点，就让我感到自己恢复了自信。

那时的阿麦，对于我来说，既非男性，也非女性，而是像天使般的存在。我是这样认为的。

我也常想，或许，等我自己什么时候有了孩子，又会再次看到同样的神情。

这是不同于姐姐，我对婚姻不那么持否定态度的原因之一。

就如同再怎样的美味，吃惯了，就难再复往日的新鲜感，或许是因为我这一生还没谈过什么恋爱，所以不能像姐姐那样看清。看得太过透彻，反而会难下决心。我想，结婚就是这样的一件事情。

只是，有一件事，常常想来会让我出一身冷汗，那就是：要是我结婚去了，姐姐会不会不行啊？

我希望这是自己的错觉，也知道无论今后发生什么，哪怕是分开，只要我们把“橡果姐妹”继续做下去就不要紧，就会有一条退路，可还是会担心，表面看上去像是姐姐照顾愚钝的我，而实际是不是并非如此？

实际上，我自己是不是可以结婚，然后过着普通的生活？

又或者截然相反？我仍然是离开姐姐无法独自

活下去？或者，最坏的情形，我们两人彼此都是如此？

想得越多，就越觉得不幸，于是，我把这个念头抛开暂放一边。

这种事情，把它搁置起来最好。等哪一天它浮出水面了，就像打鼹鼠那样迎头痛击，或是，等到那时再作决定吧。只是，不要放走那个瞬间，那才是胜败的关键。

“小果，睡觉哭什么呢。”

这样来叫醒梦中哭泣的人，是最差劲的了。

在姐姐的摇晃中，我一边哭着，一边蒙眬睁开双眼。姐姐的脸就在眼前，睡前喝了那么多酒，可皮肤却是那么光泽。恋爱中的人真好……我这样迷迷糊糊想着，跟她说：“我做了个活生生的梦，梦见我的初恋了。我都快把他给忘了。这样清清楚楚的梦，还是第一次呢。没什么好难过的，却哭起来了。”

"欲求不满吧？要不就是更年期综合征？"姐姐一本正经地说。

"我又不是你。更年期，我还早着呢。"

我有些火了，揉着眼睛坐起来。

"那是不是那个人出什么事了？你有时候直觉挺准的。联系他看看。"姐姐说。

"联系不上。"我说。

"那个叫松平的，他爸爸不是个冲浪还是什么来着的名人吗？在网上搜一下，一下子就出来了。"

"是吗？"

"是的。小果你呀，真是个糊涂虫。"

姐姐笑起来。我也笑了。

实际上，我早想到了检索。

这也并不奇怪。看我们家正中间像神龛一样摆在那里的那台硕大的Mac电脑，高级的硬盘旁边还有外置硬盘，甚至还装备了 Time Capsule 无线硬盘。

我自己也常常对一些记忆模糊的画家的名字，

或是想去的店铺、城市的相关信息进行检索。

不能光躲在家中，除了做饭、工作，网络也是我的好伴侣。

可我并不想去检索他父亲或是他的名字。

姐姐她在那种事情上是很现实的，而我，只想把自己的泪水珍藏在自己心里。

检索出来了，那些丰富的泪水就都会蒸发掉了。而我喜欢把那些泪水一滴一滴慢慢收藏起来，等待它们聚积成美丽的湖泊。

就像日暮时分走在街头。

车站前有名的甜品店前，回家途中想买点甜点的人们也照例喜滋滋地排起了队；市场上的鱼到了最后的清仓甩卖阶段，回家的氛围像雾气一样笼罩着大家。抬头望去，每座高楼都是方方正正的白色，透着灯光；每家的房间里都晃动着人影。在某处的某个窗户里，那个他，那个昔日好友的他，也一定同样沐浴在这慵懒的时光中，匆匆奔赴夜晚。希望能一切都好。这样想着，就像有什么透明而细腻的东西滴落在心中。如果明白了真相，这小小的光辉就会简单地消失而去。要把它们好好收集起来，必须目不转睛，时刻做好准备才行。

我不太善于用言辞表达内心所想，勉强才能把其中一部分说给姐姐听。要不是姐姐帮我把它们编辑改写下来，怕是等我死了，我的许多想法都会随我一起离开这个世界。不过，有时我觉得那样才是最高的奢求。

我常常在想那些既不出书，又不上电视，也不爱向人宣扬自己的信念、所作所为，就那样死去的伟大的人物。他们的内心就像是湖水般澄清，而后悄无声息地美丽地死去。生时的辛勤劳作，换得上苍平静的拥抱。满是皱纹伤痕的手，疲惫干瘪的身体，都消失得干干净净。就像那美丽枯萎的植物，不遗留下任何污秽。

如果想要那般悄然消失的话，要使之变为现实，就一定要在心里收集下这纯净的水滴。一点点的，好好珍藏。

“不要紧的。就算他现在变成了大街上常见的好色大叔，说不定那样反而安心了呢。对了，我刚才把剩下的参鸡汤喝了，比昨天在店里吃的味道还好呢。”姐姐微笑着。

“我男朋友说首尔的参鸡汤更好喝，要带我去。我去是不去呢？你也去吧。”

“去首尔？我会妨碍你们的吧？”我说。

“不会的。我还不想和他同住一屋，所以根本不要紧的。”姐姐一脸认真地说。

“另外，他也不是那种一心只想着做爱的人，你能一块去，说不定他还会高兴呢。像这样，精神恋爱的感觉很好啊。”

我对姐姐恋爱上的事有点摸不着头脑，不过这种时候，她是不会说谎的。

“还是不去了，你们两个人去吧。”我这样说。

要去的话，还是等这段蛰伏期过后，自己尝试着一个人去吧。或者等姐姐去过几次韩国后熟了，我们两人一起去。我想去坐坐那儿的地铁，去散散步。我想姐姐她一定会发现几家好的美容、按摩之类的店铺。护照得去更新了。我正为自己能有这样的想法而感到高兴时，听到姐姐说：“你现在是不是在想，等我对那里熟了，我们两个一起来个美食与美容之旅?”

“你怎么知道?”我问。

“你脸上写着呢。”姐姐回答。

“那样还早着呢。你说的没错，那你就去打探一下哪家店的参鸡汤好喝，然后再带我去。正如你所说的，我也觉得等天气暖和了，自己要多出去活动活动。”我说。

“知道了。我会好好打探打探的。”姐姐又说，“可能这个月就去。”

说完，她把发带在额头使劲一勒，在电脑前的椅子上坐下，开始工作。

工作状态中的姐姐的后背，不禁让我想起了父亲。她肩膀也是微微上耸，像极了父亲。这让我甜蜜地回忆起已和我们融为一体的父母的影像。

也想起了我们四个人居住的那两间小屋。父母喜欢小树林，总是有事没事就带着我们去附近的那个大公园里野餐。

现在想来，大概是因为没有钱去饭店吧。

那么穷，却生了两个孩子，真拿他们没办法。

可他们却总是那么乐观，就像是童话或民间故事里的人物。

或许也是因此，直到现在我还是比较喜欢质朴的人。

天气很冷了，我们也还常在外面野餐。父亲常常说："在外面吃饭团、煎蛋特别香。不管天冷还是天热，在外面就好吃。"

那时的保温瓶性能不像现在这么好，不能够长时间保温，茶稍稍有些凉了，我们却喝得津津有味。在寒冷的空气中喝着的温温的茶水有种奇特的味道。在林间的话，会夹杂有树木还有干燥的土壤的气息，因而给茶增添了那么多的味道。

我常常背靠着母亲，眺望树枝与树枝之间的天空。

鸟儿就像盖在天空的邮戳，点点飞去。

我心里想着：那么远的地方也会有风啊。

姐姐总是一个人闷头爬树，父亲怕她摔下来，则站在树下。

时间总是这样一成不变地在无声中慢慢过去，天黑了或是冷了，母亲就会拍拍裙子上的土，站起身说："该回去了。"这样宣告结束。肚子饱饱、身体有些发凉的我们踏上了归途。那时，总觉得世上再没有比那条路更平凡、更无趣的了，可现在，我却觉得它是那么珍贵，价值何止百万。

我想，无论是谁，都会希望能够与孩提时代的自己见上一面吧，哪怕只有片刻。

见面后会是怎样的心情呢？是羡慕，还是伤感？正如同热恋中的人，在感情最热烈的时候，越是觉得"将来难免伤心，所以要珍惜现在"，反而越背离了自己的原意。正是因此，我觉得对于我们来说只有现在。现在，我很幸福，看着窗外的天空可以流泪，就这么简单，什么也不需要。能躲在屋子里品味自己的幸福，这是多么难得的境况。

尽管如此，我却还是想回到那段日子，希望能和家人一起走在昏暗的野餐之后的归途，哪怕一天也好。

我花了太长太长的时间才能从丧亲之痛中重新站立起来。

也如同这次，经过这么长时间才能面对爷爷的离世。也有像姐姐那种拼命干这干那来排解伤痛的人，可我却是只能静静待着。

我也觉得很对不起我那当医生的姨父和姨妈他们。

那场纠葛过后，跟他们几乎再没有了联系。

姐姐离家出走后，思念姐姐、整日愁眉苦脸的我，就像被软禁的人那般绝望，把肾也搞坏了，搞得家里闹鬼，弄得一团糟。对于这样的我，姨父姨妈他们也一定心情沉重郁闷吧。

要是现在的话，能阳光些，那么他们的态度也会有所不同吧……作为他们来说，本着慈善之心收养了我们，真心想我们能给他们找个养女婿作为报答。不但他们的愿望破灭了，还被当成敌人那样离家出走，他们在亲戚面前一定颜面扫地，很是苦恼吧。真是对不起他们。

这世上一定也有姐妹与我们有不同的价值观，会高高兴兴地去相亲，开开心心地接受这种人生。要是我们不是橡果姐妹，而是喜欢钱、喜欢娱乐的姐妹就好了。

为什么不能和他们至少做到平静地分手，让他们想起我时心里有些许愉悦呢？

可每每我这样想时，总是已时过境迁。

我人生的步伐总是那么缓慢，跟不上时间的节拍。

橡果姐妹：

　　我丈夫在一次事故中去世，已有一年了。

我们十八岁时相识，两人一见钟情，之后便很顺利地开始了交往，然后度过了一段很美好的岁月。我们没有孩子。我现在不知道每天该做些什么才好。

无论看什么、去哪儿，脑子里都是回忆，能做的只是哭。

没有对象能让我去跟他讲这些话。大家都用一副可怜的眼神看我。这我也能够理解。

等待你们的回信。

安美

安美女士：

我们俩也在一场意外中失去了父母。

那种悲伤是无法愈合的。

虽然那就像是得了一种无法治愈的疾病，它将陪伴我们一生。可要是把它当作是我们不曾忘记父母，将和他们一直在一起。这样去想，心情就会好些。

这样，幸福就会一天天慢慢多起来。

你过得怎样？欢迎随时给我们来信。

橡果姐妹

可能是看了姐姐写给安美的回信，我又做梦了。

蓦然发觉，我似乎正一个人待在阿麦父母家的一个房间里，也不知怎么进去的。

我并不清楚为什么会认为这里是他父母家，只是梦中这样感觉。

家里其他人呢？我也并不清楚他家里有什么成员，只是隐约知道他们在医院里，像是阿麦今天早上去世了。不知为什么，我觉得睡眠不足，身体发胀，脚底发沉。家里笼罩着一股悲伤的气氛。

房间大概在五楼或是六楼。可以从窗口向下俯视到许多建筑，从窗口可以看到远处的海，在建筑物与山的空隙间一闪一闪发着光。果然是在海边。在普普通通的楼宇住宅的那边，有波光在闪动。

我所处的和室里有一个佛坛。

房间里散发着草席的气味，还有午后阳光带来的浓重的空气的气息。

我供上香，双手合十。

旁边柜子上面摆着许多照片，大都是阿麦小时候的家人照片。作为家中独子的他，一定很受宠爱。照片里有他的父母、爷爷奶奶，还有他在海边玩耍时拍的黑白照片。照片上的他比我认识他时更小，不过面容没有改变。还是一笑起来就会露出有缝的门牙，还是双眼分得很开，一副悠然的神情。

并没有小学、中学、高中时代的照片，而只有一张他成年后结婚仪式上的全家照。他一脸紧张，身边是美丽的新娘。这就是长大后的阿麦。双方家人都在场，是在海边宾馆的庭院里。真好！我这样想，并没有心痛。

这就是我所不知道的长大后的阿麦。我又找了找，并没有小孩子的照片，想是他还没有孩子吧。

我与他的时间就一直停滞在那段日子，想到这里有点难过。本来还有更应该去考虑的事情，可因为是在梦中，我只是跟着感觉，在现实之外游荡。

大铁门突然打开了，阿麦的母亲一个人回来了。被阳光灼晒的头发，紧缩的双肩。我想她也一定常去海边。

只见她身穿丧服。阿麦果然是死了，我模模糊糊地这样想着。今天早晨去世的，本不可能马上穿丧服的，可因为是在梦中，我也并没有觉出有什么不妥。

草席的包边泛着微光，让人不觉有些落寞。我没有说话，不知道自己为什么会在这里。对于我的存在，阿麦的母亲并没有感到惊讶。

“要点什么作纪念吗?”她问我。

她戴着眼镜，看上去很贤惠，腰身细细的，是个美人。

“请给我一件阿麦穿过的衣服吧，我不会胡乱闻来闻去的。还有，要是可以的话，给我一张摆在那边的他小时候的照片吧。我喜欢他，一辈子都不会忘记他。”我这样说着。

我怎么会说出这些话来，连自己都弄不明白，可是我太想要那两样东西了。这欲望之强连我自己都觉得惊讶。我就这样一边流着眼泪，一边恳求。

“可以啊，等一下。”

阿麦的母亲目光呆滞，脸上也没有笑容。她淡淡转过身，拉开那个旧柜子的抽屉。一股旧衣物的味道从里面飘出来。

我也觉得奇怪，得到那些东西，也不可能再见到阿麦了，可自己现在却只想得到那些。

然后我就醒了。

又在哭。我自己都给吓了一跳。

不好！阿麦他是不是真的死了？想到这里，我终于决定在网上搜搜看。我找到了几条简单的信息，说阿麦的父亲来往于夏威夷与日本之间，给孩子们开设的海边教室办得有声有色等等。可没有博客，也没有发现阿麦的名字或是关于他现状的记述。我不想输入“死”字再做进一步的检索，我不想通过这种形式来获知他的情况。

可这样的话，那个梦还会再次出现的。这种预感笼罩着我。为什么姐姐会在此时再度坠入爱河？为什么我会受她影响开始做这个梦？而后又有安美的来信，我觉得她的信像是在向我强烈诉说着什么。为什么众多的来信之中，这封信格外引起了我的注意？我想，一定是有什么事发生。

我给我现在唯一仍保持联系的当时的一位同学发去了一封邮件。

她是个认真、热情而又淳朴的女孩子，曾几次陪我去过医院。在我打点滴的时候，她会在一旁的椅子上等着我。我睡着了，她也在旁边打盹。那副可爱的睡相，我不会忘记。

“我做了一个不太好的梦，是有关松平麦同学的。我不太放心，你知道他的消息吗？”我就这样在信中直接问她。

几天后，那位失去丈夫的安美女士又来信了。信中内容竟与我的心境奇妙地吻合在一起。

橡果姐妹：

我又给你们写信了。

现在，那个我曾经和他一起生活过的家，住着让我难受，我父母还健在，我就搬到了父母家里。

沿着那个家前面的路一直走，就是他最喜欢的大海。我们一起逛过的小店，流产时我们俩哭着相依偎着回去的路，只要我一经过那边，所有的一切就像是放电影一样涌入我的脑海，因此我决定暂时离开。偶尔我也会回到我们两个人曾经的家里去大哭一场。就在那空荡荡的我们两人曾经的家里哭啊哭，然后再打起精神过下去。

父母跟我说想住到什么时候都可以。

我没有心情去那边整理，也什么都没有

决定。

刚才，我看到父亲在院子里挥动高尔夫球杆，那件事过后我忽然第一次感到自己很幸福。因为我想到了你们，还有其他许许多多失去父母的人。想着想着，原本觉得处在不幸的深渊里的自己，心里划过一丝光亮。不是觉得与不幸的人相比自己还强些，而是因为看到父亲在挥杆，就像是我中学时那样，在这个院子里小小的草坪上，在母亲辛辛苦苦种植的花草丛中，父亲活生生地在这里。这样想着，自己都觉得自己有点羞愧了。

自己备受着宠爱、父母双全，却视而不见，只会向神明抱怨，还我丈夫。而这个世界上一定有人失去了挚爱，甚至没有了亲人；或许也会有人身处优越的环境，然而精神世界却比我更加荒芜，甚至没有朋友。我想到了这些再自然不过的事。我说这些，也没有要拿这个和别人相比的意思。

神啊，请原谅我。虽然我还是沉浸在悲伤与不幸之中，可我的父母亲在这里。今晚我们仍会一起共进晚餐。我会帮妈妈做她喜欢的俄罗斯红菜汤。我这样说完之后，只觉得天空是那么蓝，像要把人融化掉。

谢谢！

安美

看来安美暂时不会再来信了。我心里这样想着，把信息输入资料里去。

不知为什么，安美的形象和阿麦妻子的形象重叠在一起。

我知道她们不是同一个人，然而她们给我的感觉却是相同的。

奇妙而也是理所当然的是在同一时间我也收到了那位中学同学的来信。

那封信我感觉仿佛已经读过了无数次。

小果：

好久没联系了。谢谢你的来信。

松平麦同学在半年前的一次摩托车车祸中去世了。因为他父亲在海边工作的缘故，他们家搬了，好像是上高中后就到湘南去住了。

听说结婚后和他太太一起在逗子[1]的游艇码头住，是在住处附近发生车祸的，他们没有孩子。真是很不幸啊。

抱歉没有通知你。我也是最近刚听说这件事情，没能跟你说。因为你跟松平关系很好，我想你还是不知道为好。对不起啊。

一直想搞个同学聚会，都过了好多年了，希望今年能够实现。到时候我们一起悼念他吧。我负责联系。以后再给你写信。

美雪

① 日本关东地方南部的城市。

我心想：果然如此。

眼里却没有泪水。

只是，我这一生都将作为他的初恋被封印，无处可去。想到这里，只觉自己的一部分也随他一起死去了。

我自己也想，如果自己不知道就好了，可空间却是连接在一起的，暗示一个一个接踵而至，我还是知道了。不过，把这些说给美雪听也没有用，于是我在回信中只是简单地写道："我很难过。不过我还是觉得知道这件事情的好。谢谢你。很期待我们的同学聚会。"

就如同网络一样，这个世界充满暗示。有一个箭头给你指示着答案。我就这样在答案周围徘徊，在毫无觉察中平静地服完丧，被姐姐的恋爱唤起，奇妙地在意起安美的来信，直到最后梦到了阿麦。

在这世界的混沌之中，死去的阿麦在一个特别的时机来到我的梦里，安美又使我联想到阿麦的太太，这些都不是偶然。这种种，或许都是人们潜意识的海洋之中飘浮着的传达着相同含义的讯息，无论抓住哪个都会明了。

人死去之后，都会同样的给周围的人留下一圈圈波纹。

我们每个人也都同样会在别人内心的海洋里拥有一个小小的角落。

然而，却还是会感受到不同的人带来的不同的悲哀。

闭上眼睛，窗外的光线透过眼睑呈现出橘黄色。活着，就是这么简单，却又是那么神奇。

这个世界上再也没有阿麦了，阿麦他的肉体已经不存在了。只有这是可以确定的。

如果能有来世，希望能和他一起去看海。

认认真真地去冲浪，一起晒太阳。

就出生在海边的小镇，皮肤晒得黝黑，在烈日下笑着生活吧。

或许那时有过这种可能性啊。一想到这里，不禁眼前有些发黑。这，是那时的自己连想都不敢想的。那时的自己，被紧紧封闭在了只有自己的世界里。正因为是这样的自己，才觉得与他一起生活是无法想象的。

无限的可能，一一去幻想也好，去否定也好，都是一样的。我就这样沉浸其中，不能自已。

自己会消沉，会蛰伏，其深层的理由是因为阿麦从这个世界上消失了。这样想通之后，悲伤之余，我心头也为之豁亮，决定开始康复锻炼了。

心里忍不住想要做些什么。

第一步的打算就是借送姐姐他们去韩国旅行之机，回来的时候在国内候机大厅买点点心，吃个咖喱，于是我决定跟他们一起去羽田机场。

就这样，我第一次见到了姐姐的男友。

他是个四方脸，说起话来也是规规矩矩。眼珠像狗一样圆溜溜的，不大说话，看起来是个正派人。他身穿某户外运动品牌的冲锋衣，背着行囊，一副像是要去登山的休闲打扮。

他开着车来接我们，于是我们三人一起乘车经过彩虹桥[1]，进行了一次短暂的兜风。

他并非不善社交的那种类型，说起话来声音洪亮，也很风趣。对姐姐态度也很自然，两人很平常地说说笑笑。对我，他也表现出了应有的体贴，我们相处得十分愉快融洽。

直接去国际候机大厅也无事可做，于是我们把车停好，又坐巴士返回国内候机厅，到星巴克去喝咖啡。姐姐去洗手间时，他淡淡对我说："今后也请多多关照。"

"我也请您多多关照。"我回答。

人声鼎沸的机场，充满了各种各样的声音与气息。

我手捧甜甜的热饮，漫无目的地看着来往的人流。

"我是认真喜欢橡子小姐的，一天比一天喜

① 位于东京的吊桥。

欢。”他说。

“很难得啊。我那个坏脾气的姐姐。”我说。

“我总觉得她会突然离我而去。”他说。

“我明白。我也老是会那么想。”

说完，我笑了。之后，才忽然发觉，原来自己也是这么想的啊。

自从那日以后，我一直在这样想。自从那夜在雪中的阳台上目送姐姐的背影远去，我的一部分心就一直在哭泣，未曾停止过。

记忆生动地浮现在面前，甚至可以闻到雪花的味道。

“我是真心的。能把这些话告诉你，我安心了。”

他说着，对我笑起来，面前像是有微风拂来。是男人爱上女人时独有的那种气流在他心中翻涌着。我心想，姐姐就是依靠着这股能量活着的吧。

这股情热就在近旁，这种感觉真好。

我明白。我也是一辈子都爱着姐姐。我小声说着。他静静点点头。

目送他们乘巴士去了国际大厅，我买好点心，吃完咖喱。

就此坐飞机去什么地方吧。冲绳、高知、熊本……想来想去，我有了一个念头。

是啊，去逗子为阿麦祈福吧，买上鲜花带去。尽管我只知道逗子的游艇码头这个信息，可这就足够了。

我和阿麦，虽然知道彼此喜欢，可连手都没有牵过，海边最终也没有去成，却有过一吻。

我现在还常想，那是不是在做梦啊？可那的的确确是现实。

那是在临近毕业时，我在路上与他偶遇，聊了一会儿后，在分手时我吻了他。

我觉得自己胆子好大。那是在车站的站台，他说是要找朋友一起去镰仓的滑板商店，我则是回家途中要去邻近车站前的书店。

并不是觉得再也见不到他了，只是身体仿佛不受控制，就那样亲了他一下。电车来了，“再见!”我挥挥手，心里却在想：自己刚才做了些什么呀。就这样，我满脸通红地上了车。站台上的阿麦，以在我眼中无比俊美的姿态站立在那里，用无限深情的目光注视着我。

仅此而已，可为什么我会感到如此痛苦呢？阿麦他一定也很痛苦吧？我想那纯粹是因为年龄的问题。作为生物，并处于花季年龄的我们，全身心地渴求对方而不能获得，欲望与纯情以一种奇妙的组合交织在一起，全部融入了眼前的景色之中。

我在逗子车站下了车，阳光仿佛夏日，让我一瞬忘记了寒冷。

阿麦在他的人生之中，究竟有多少次曾伫立于这车站前？想必是不计其数吧。

他父母曾一次次开车来接他，在这车站前面等过他吧？

成人之后，他也一定来这里接过父母、妻

子吧？

就是在这车站前面。

想到这里，眼泪不禁流了下来。仿佛这个小镇就是阿麦。

不仅是网络，所有的都交融在一起。来信倾诉的安美和阿麦的太太的影像重叠在一起，阿麦的影子融入了这个小镇。手握这些影像的缰绳的似乎是我，却并不是我，是存在于更深处的一股决定一切的力量。

我心里这样想着，全身像是倚靠在花上，向海边走去。

没有穿丧服，心情却是穿了丧服的心情。

这里位于河畔，河景比海景更靓丽。

实际上我常来逗子。和照顾爷爷时结交的男友开车来过，也和姐姐坐电车来过。我们还在站前那家有名的店里买过小沙丁鱼干、生鱼片，到海边搞过小型宴会。我和姐姐看着大海，吃着生鱼片，喝着酒，我们俩都醉了。用带来的煮咖啡的小炉子烤起了沙丁鱼，把想过来搭讪的人都给吓跑了。

即便没有什么关系，每次来到逗子，我都会想起阿麦。

那时，我和阿麦倾尽所有旺盛的生命力，发散出的庞大的思念去哪里了呢？去了大海、山脉、空气中……然后与许许多多牵连在一起，并不断循环着吧。

海边很冷，只有牵着狗来散步的人。阳光中的人和狗都散发着神圣的光辉，像是来自别的世界。

我在岸边向着大海双手合十，久久凝望。大海寂静、泛着幽幽蓝光，引领着群山。沙粒透着寒意，可以感受到等待夏日来临的整个地球的呼吸。

没有花觉得不自在，不觉间手里的鲜花已经仿佛成了我的拐杖。就这样，原本是来献花的，可我并没有把花放到海里去。

我根本不知道阿麦是在哪里发生的事故，于是搭一辆出租车去了逗子的游艇码头。

出租车沿着山路蜿蜒而下，很快就来到了码

头，快得让人有些失望。路两边栽种着椰树，让人觉得仿佛现实之外的世界。我一路走下去，来到网球场附近。悦耳的击球声在空旷的逗子游艇码头回荡。路两旁是形形色色的建筑，别墅居多，因而悄无声息。

怀里的花香完美地映衬着异常湛蓝的天空，让人目眩。我心中的悼念已经结束，不觉间忘记了把花放下，只是漫无目的地走着。那天原本打算就那样走上国道，穿过隧道，沿着海滨一直走到阿麦那天去的镰仓的，忽然又改了主意，折返回来。我想到小坪渔港买点鱼，看看小船。

无论哪里的港口，附近都是一派嘈杂的景象，我忽然特别想看那样的风景。

这时，一个女人从对面走过来，可能是去停车场吧。在这儿，除了逗子游艇码头的职员以外几乎再没有人行走的午后刚至的时间，在这冷风呼啸的路上。

那个已近老年的中年妇人，我一定在哪里见

过。不，还有些不同，她稍稍年轻时的容颜，我的确是最近见到过的。是哪位名人吗？我努力回忆着。

当我醒悟的时候，不禁有一丝寒意。

这个人，是我在梦中见过，而实际并没有会过面的阿麦的母亲。不会错的。

我也不知道从哪儿来的勇气，很冒昧地走上前问她。

“请，请问，您是阿麦的母亲吗？”

我满脸通红，话说得结结巴巴的，声音尖细，一点儿不成样子。

她直直地盯着我，神情悲切中，还有一丝喜悦。

她一定是想尽可能忘掉刚刚痛失爱子的这一现实，因此不希望有人再提及此事，可还是难以抑制儿子带给她的那份骄傲。

所有这些，在镜片后那深邃的眼眸里都显露无遗。我心想：没有猜错。也在此时，强风中的她怔怔点了点头。

“是的。你是?”

这不是在梦中，也不是在网络，而是在寒风凛冽的椰林小路的路中央。不会有错。然而我却恍若在梦中。

“我，我叫吉崎，和阿麦以前是同学。受到他那么、那么多照顾……他去世的事，我最近刚刚知道……”

说着，我把花递给她。还好没有放在海边，不，就是为了这一刻才没放的。我心里这样想着。

“您能把这个给阿麦供上吗？我不知道放哪儿好，就这么拿着走了一路。”

她说：“谢谢。那我收下了。我会马上把它供在佛坛前的。”虽然脸上没有笑容。

说着，她接过我带来的鲜花。

“很想让你去家里坐坐的，可我现在心里还很乱，家里也是乱糟糟的。谢谢你啊。”

说这话的阿麦母亲微微露出一丝笑容。

我想：佛坛一定是在那高坡上的住宅楼里的某一间和室里吧。

“哪儿的话。能在这儿把花给您，就是奇迹了。我很感激啊。”

梦中的我，是那么大胆地闯进他们家里，哭着向她要旧衣服、照片，可现实中的我，就像孩子那样慌慌张张地作了答，然后低下头，不仅是和阿麦，可能也是和他的母亲，做了永久的告别。

回头望去，只见这次是阿麦的母亲，像是依偎着鲜花一样地走远。

是真的吗？刚才的事情真的发生了吗？

我在渔港的鱼店里一边买着章鱼爪、海螺，一边恍惚地想。刚才的事情是真的吗？还是在炫目的阳光中做的一个梦？自己只是不知什么时候把花放下了？

可我只是知道，这样就好。我也知道，自己做得对，周遭所给的暗示，自己并没有让它从手中溜走。

在这个阿麦所热爱的小镇的港口边，停泊着许多艘小船。卖鱼的大叔一脸不耐烦地推销着他的鱼，今天这一天就这样在倦怠中过去了。所有都在这里，即便什么也不做。我这样想。

橡果姐妹的妹妹：

小果，我现在在韩国。知道吗？

我这次的男友，很奇妙，再怎么和他待在一起都不会腻。

还有，我们是分房睡的，我刚和他吻别，道了晚安。

他会不会是同性恋啊？我真这样想过，不过看他白天和我一起时若无其事，可又确确实实盯着我大腿、胸部看的眼神，我知道他不是同性恋。

虽然他前天熬夜了，可是一到机场，他就说我是第一次来韩国，要带我到处看看。等我们一办好入住手续，他就带我去吃正宗的酱蟹。我们在那家店里大吃了一顿酱蟹。那家店布置得就像是做法事的会场，一点儿也不光鲜，可螃蟹味道棒极了。我吃了好多好多辣白菜，多得连自己都不敢相信了。韩国餐馆里，会送上满满一桌子的小碟配菜，都很可口，而且种类也很多，光吃那些就饱了。

我还担心过这是第一次一起出来旅行，怎么相处才好呢？可和他就像一家人一样，相处得很融洽。眼前总是他那张微笑着的四方脸，我是完全被俘虏了。我对四方脸没有抵抗力，可能是一种恋父情结吧。爸爸他就是四方脸。

我想：这种人对待结婚是很认真的吧。

可是我不能结婚，因为橡果姐妹是我现在的使命。

这就是我。

将来，他要与之结婚的，不会是我，而是一个思想更单纯的人吧。这个念头让我觉得很难过，可也没有办法。

我好希望能和他长久交往下去。这样的念头我好久没有过了。哪怕是多待一分、一秒也好，只想跟他在一起。

我并非什么美人，可男朋友一直没有断过。我想这一定是因为我明白恋爱是有时间期限的。心里这样想着，一举一动就会变得可爱，变得生动，会有种莫名的吸引力从我身上散发出来。别的女人都是考虑到将来而去交往的，这样男人就不会爱得那么热烈。

这是辣白菜，这是泡菜，这是拌油菜，这个是生拌乌贼，看着他手脚并用地比划着，一脸认真地告诉我菜名甚至做法，我真的很感慨：这种人在日本真的很少见，韩剧为什么会流行，我是明白了。

他就是我的勇俊哥，他就是我的元斌①哥。

那我就是崔智友②吧，从长相上来说。

---

① 裴勇俊、元斌均为韩国男艺人。

② 韩国女艺人。

（笑）

我们手牵着手，走在冬夜的路上。

韩国的夜晚，夜是真正的夜，黑漆漆的，寒冷的空气里像是夹杂着许多冰粒。人们嘴里呼着白气，喜怒就那么写在脸上。好人一脸善良，坏人面露奸诈，脸上都写得清清楚楚的。

到处充满生机与活力。嘈杂是那种热闹的嘈杂，而不是像日本，只是那样挤来挤去的。还是出门旅行的好。心里像是有什么东西苏醒了。真想也带你一起来呢。

真是难以置信，我们两个人可以想上哪儿旅游就去哪儿了……

你说的没错，实际上还是有什么东西缩在我们内心的某处，拦住我们让我们不要一起出门，我现在有点体悟了。

还有好多话想说，下次再聊吧。

这家宾馆的房间里可以上网，我不用为此担心了。

下面我要照着你来信中的建议，开工写橡果姐妹的回信了。检查就拜托你了。

橡子

橡小姐：

早超过规定字数了。

橡果姐妹之妹敬上

橡果姐妹的妹妹：

别那么严肃。

对我来说，可没有什么橡果姐妹。

写字是我的一种疗法。

虽然我自己觉得次数并不是很多，可也谈了不少恋爱。在去爷爷家之前，还有过那么一次，和一个男人睡完之后，他给了我钱。

并不是因为钱而跟他睡的，而是喝醉了，

跟一个年纪很大的人上了床，之后他给了我钱。

有一瞬间，我真的想过：是不是能靠这个挣钱？可又觉得回味不好，不太适合自己，虽然也有些犹豫，可还是把那个人的名片扔在了那里。

不过，我想是因为有了此事，我才能下定决心直接去爷爷家谈判的。

现在，我已经明白爷爷他只是为了避开世人，而故意摆出一副令人畏惧的面孔，可在那时，真是觉得不可能和那么变态、那么可怕的人住在一起。

可当爷爷去世时，我得知爷爷他早在和我们同住之前，就已经写好了遗嘱，要把房子留给我们。真是让人感动啊。

我说想照张正宗参鸡汤的照片给妹妹寄去，想下次把妹妹带来。他听了之后，今天的午餐就带我去喝了高丽参鸡汤。照片随信附上。较之在街上小饭馆五百日元左右就可以吃到的鸡汤，这里的价格可以说是相当得昂贵，可是店里坐满了来吃午餐的公司职员、白领丽人。

味道也是好极了。澄清的汤汁，满满的高丽参，让人不敢置信。

中午起大家就一起热热闹闹地吃饭，吃上一大堆辣白菜，这样怎么可能没有精神呢。他也说："在日本住着，觉得受不了的就是大家不大吃辣白菜。我都无法想象，没有辣白菜怎么成饭呢?"

另外也听说，他妈妈做的辣白菜总是常备家中。

在韩国，觉得生命一下子离自己近了许多。在日本的时候，感觉生命是装在玻璃容器里携带着的，可在韩国，能真真切切感受到生命就近在眼前，自己活着，生命在自己体内燃烧。可能我们小时候的日本就是这种感觉吧。

今天我们也走了好多好多路。牵着手，在寒冷的柏油路上就那么一直一直走着。

眼中看不到商场、名品店，只是一味走着。累了，就从众多酷似星巴克的店里随便找一家进去，买杯咖啡，把杯子放在手心暖手。

味道也并没有什么可挑剔的，我也只是沉浸在自己的世界里，因而是不是星巴克也都无所谓了。多么令人奇怪啊。要是在日本，我是会有些介意的。

最终，我们走到了德寿宫，买了门票，请卫兵和我们一起合了影，然后漫步于这历经了许多朝代更迭的宏大建筑里。

里面有一家大型现代美术馆，正在搞现代摄影家摄影展。作品并非什么极品，当然也并不是说水平低劣，而是正适合约会的情侣参观。刚才还置身于王宫世界的我们，又完美变身成为在美术馆约会的现代情侣，我们就这样看着展览，随意交换一下感想，等走到外面，就又回到了昔日的风景。

怎么说好呢？风直吹向远方，对面就是一幢幢高楼，可只有这里，却是一个古代的世界，一片静谧。京都、奈良偶尔也会有如此感受，恍如置身于古老空气之中一般的独特感受。

“以前这里还要大很多呢。”他看着导游手册说。

“竟不知道还有西洋建筑呢。国王是被逼着建起来住进去的吧？”我说。

心里想着，要是我们俩生在这个国度，是两个学生的话，会是怎样的心情。

我迄今为止的人生，也并没有走过什么歧途，可为什么会是现在这样呢？想到这儿，不禁有些悲伤起来，悲伤中又有甜蜜。

在这世间，能得到某人如此的眷恋，这种感觉就如同父母在时的那种感觉。

如果能一直这样持续下去就好了，可大都

是会消失的梦境。

今晚，他最后要带我去家有名的“木炭沟”烤肉店。说是那家店味道极佳，他也很期待，另外还邀请了他的奶奶。一想到要见他奶奶，不觉有点紧张，可又一想，又不是要结婚，也就放下心来。想着那连着骨的扁扁的五花肉一片片铺开，滋滋烤好，再用剪刀给剪成一块块。心里好期待啊。

橡子

平时工作时受限制，真让她放开写的话，字数不知要超多少呢。我不禁感慨。看着信，自己仿佛和姐姐一起漫步于德寿宫的宫院中。更确切些说，是觉得自己仿佛一个幽灵正从空中眺望着她和男友缓步走过。

风吹过首尔的上空，在残存着王宫遗迹的空间之上，今天历史仍在重复，如同往昔。

遗迹静默无声，高层建筑也同样悄然无语，仿佛要一起沉入这历史的汪洋之中。时代的亡灵总是与崭新的城市相伴，偶尔如全息影像般浮浮沉沉，飘散于风中。

想有一个崭新的开始时，男人们是怎样转换心情的呢？也是买买衣服，或是做剧烈运动吗？还是男人们一起喝喝酒？

我心里这样琢磨。自己则在姐姐旅行期间去剪了头发。

原本附近差不多的美容店也可以，可我觉得要更能显示出自己的决心才好，于是，虽然自己也觉得很麻烦、打怵，可还是在一家沙龙做了预约。那家沙龙是因姐姐的撰稿工作而结识的一位搞美发的人士在自己家里开设的。我要求他："要稳重些，还要有动感，不要太落伍，就照这样的感觉剪吧。还要自己好打理的。"

姐姐那位搞美发的帅哥朋友一脸为难地笑着，

总算是把我乱蓬蓬的头发剪好，又给染成了栗色。

那期间我猛翻杂志，总算找着点时下服饰、化妆的感觉。好久没有理发以及和外人这么近距离接触了，我精神高度紧张，都给累坏了。走出他的那家沙龙，我去了新宿的伊势丹。我的心理疗伤又进了一大步。我想，这样待在家里调整好心态，走出去时就不会那么辛苦了。这次是我人生中第二次蛰伏期，我觉得像是找到了诀窍。

我买了几身衣服，有几件打折的冬装、春装，还有皮鞋、凉鞋。

然后又在一楼、二楼买了些新的化妆品。本来送到姐姐那里的样品就已经足够用了，可还是满足一下自己的欲望吧。

说起来，姐姐来信时说过韩国也有许多精致的化妆品，写信让她买些人参面膜送我吧。心里这样想着，我又到地下买了饺子，然后大包小包，一头崭新的发型，坐上了电车。总之是身心疲惫，战战兢兢之中又有着充实与成就感。这种成就感对于我来说是很重要的。

好了，这样的话，哪儿都能去了。再去看海吧。

那日逗子游艇码头的碧空重又浮现在眼前。

天空是那样的蔚蓝，蓝得让人不安。

那封给橡果姐妹的来信成为一个契机，把如雾霭般飘荡在我周围的真实切切实实地呼唤到了现实之中。某种东西在我体内蠢蠢欲动，不曾停歇，直到我祭拜完毕。果然一切都有着千丝万缕的联系，讯息随时都能浮现出来。

看来橡果姐妹的活动是有意义的。

不管别人如何，至少我是深有同感。

车窗上映出一个在化妆品柜台请人给化了个浓妆、换了新发型的我所不认识的自己，我点了点头。

又过了两天，姐姐满身大蒜味儿，皮肤油光光地回来了。

“累死我了。也没做爱，却都差点给累趴下了。

棒极了。”

说着，姐姐把一个想必是塞满韩国海苔、各色面膜、BB霜之类的大包“咚”的一声在玄关放下，人像瘫了一样走进来。大声漱了口，洗好手，洗好脚，换上睡衣，咕咚咕咚喝起了罐装啤酒。

啊，家里的空气又开始流动了。

“真的?”我问。

“真的吗？一次也没有?”

“嗯。亲是亲过。我们是纯精神恋爱之旅啊。一般睡前他就跟我说，你还有工作要做是吧？睡觉也是分房睡。当然，我想做不做爱也只是时间问题。可我又觉得难过，跟他睡了意味着就快要分开了。为什么时间不能在现在停止呢?”姐姐说。

我一点也理解不了她那种古怪的念头。

“你怎么会那么想？睡过之后也可以继续一步步交往下去，加深信赖，然后结婚，这不好吗？只要姐姐你幸福，我一点儿都不会觉得孤单的。我没关系的。”

“我不知道。只是很快就会觉得厌倦了。可我并不想那样的。”姐姐说。

不会是因为太过看重做爱了吧？我想这样说，可知道说了也没有用。

“我不想那样的。”姐姐哭起来。

我清楚自己在成长过程中所经受的伤痛，可对于姐姐的伤痛，我是一无所知。为什么她会那么偏执呢？不过我想，或许我们每个人都有自己的症结所在，只能靠自己走到路的尽头后觉悟了。

“我喜欢谈恋爱，喜欢它带给我的无限遐想，喜欢在他和我面前膨胀得满满的空间。可那不是现实。我想喜欢谈恋爱的人都是这样的。虽然不知道会发生什么，我想我并没有把对方当作一个人来看待，而只是去想象和他在一起自己会怎样？只是想沐浴在由那个人所引发的想象的洪流之中。”姐姐这样说。

“我想大家多多少少都是这样的，刚开始的时候。”我说。

“是啊，我喜欢刚开始时的感觉。”姐姐说。

“我困了，想睡，可眼泪停不了。给我念点什么听吧。”

“怎么了？不是什么问题也没有吗？只要相处得好不就行了？”我说。

说完，连我自己也有些惊讶，自己的语气像极了去世的母亲。

感觉自己就像是在支撑即将倒塌的城堡。

“我害怕和他好下去。”

姐姐脸上也是一副儿时的神情，目光落在远处，发着呆。这副神情，我小时候常见。我一直自认为这是长女的表情。我可以仰视姐姐寻找答案，可姐姐却常常仰视父母而得不到回应。因为父母他们不是小孩子，不会懂。

只能靠自己去想，可现在没办法思考。就是这样一副神情。

我从书架上拿起一本姐姐喜欢的画册，大声读起来。

“小熊学校里一共有一、二、三、四……十二只小熊。他们快乐地生活着。

最后的第十二只小熊是唯一的一个女孩子，叫杰奎。

杰奎幻想着和小北极熊在北极滑冰。她想，这要是真的该多好呀。可是当杰奎从梦中醒来，发现小北极熊正准备一个人回北极去。杰奎跟小北极熊道别。

小北极熊不在了，杰奎很难过。

熊哥哥们拼命安慰她，可她却怎么也打不起精神来。怎么办呢?

这时，海那边亮了起来。怎么回事啊? 大家都跑到外面去看。只见天空变得通红通红的。”

姐姐闭着眼睛，真的酣然入睡了。

我松了口气，自己一个人不出声地又接着看下去。

能生活在这样的世界里就好了。就是因为有这样的愿望，大人们才画了一本本画册出来吧。虽然我们姐妹两人在远离尘世喧嚣这点上与小熊们无异，可在我们面前的却是不同于小熊世界的活生生的现实。

将来有一天，小熊们也要长大成人、结婚、独立生活吧。我们的童年时光是那么短暂。没有细细品味过童年，成人的喜悦也就无法体会。不过想是它应该被我们通过各种方式给补回了吧。我想，失去了给我们栖身之地的爷爷后，也该是我们去迎接成人时代的时候了。

正如阿麦的死讯以各种暗示的形式来到我身边影响我一样，安美的那封来信也给了我少许安慰，这让我感到，或许远方的阿麦太太也多少好过了些。

虽然看不见，但我可以感觉到那条确实存在着的细流。

也或许，这次，这股细流会传达给姐姐，会让她不再偏执于性爱，而能踏出找寻男女关系中的真爱与关怀的第一步。

如果是那样就好了。

我不由得长出一口气，泪水流了下来。

能和姐姐一直这样生活到什么时候呢？我们橡果姐妹又能持续多久呢？

莫名怀念、怜爱起那个在黑暗巢穴中的自己。那里黑暗却又温暖，可也充满了想象中应有的各种不安与恐怖。梦中有梦，醒来，又是一个新的令人疲惫的梦的开始。

那是始于父母去世之后吗？还是叔叔去世之后？或是爷爷？阿麦？始于哪里，我不得而知。印象中一个个重叠套在一起，或许现在也还在那个旋涡里，或许一次次觉得从中走了出来，而实际却还身陷其中。

以为自己已经走了出来，回头看时，门却已经关上了，想是一部分的心还留在那里吧。

“我想好了。”脸上还留有泪痕的姐姐，忽然睁开眼睛说。

“吓了我一跳，还以为你睡着了呢。”我说。

“我没睡。”姐姐说。

“我好好听着呢，觉得自己变成了小熊杰奎，在看火红的夕阳。”

“睡吧。路上一定是累了。”我说。

“我也好想去旅行呢。看了姐姐的信，也想去看看广阔的天空。”

“陶器市场。”姐姐突然说。

我看看她，见她正眼望着天花板。

“什么？怎么了？”我问。

“下周，去陶器市场吧。冲绳的。”姐姐回答。

“为什么这么急啊？你不是刚刚旅行回来吗？”我说。

“想去。我在飞机杂志上看到过那里的报道。

去了陶瓷之乡，大岭实清还有山田真万[1]的东西，都便宜不少呢。去吧！也可以用来祭奠爷爷的。”

爷爷那种性格，当然不会喜欢旅游，可是他很喜欢冲绳的陶器，一点点收集了许多。家里玄关那里就摆放着一对硕大的大岭实清烧制的狮子，听说是由于某种机缘与爷爷相识的大岭先生送他做礼物的。我们觉得挪动它们不吉利，于是一直原样放置在那里。

其他还有很多虽然不是很贵重，可也是爷爷生前日常使用的冲绳的器皿，都留给了我们。我们就一直那样用着。

“有钱出去吗?”

“那点钱算什么！再说，我也有存款。这次，基本都是他请我，这样我还剩了些钱。就用这笔钱去吧。”姐姐说。

---

① 大岭实清和山田真万均为冲绳的代表性陶艺家。

她已经完全笑逐颜开，眼望天花板，做起了冲绳的梦。

“有现钱啊。那样我也去。”我说。

“就是嘛。好不容易剪的头发，不出门怎么行?”姐姐说。

“在韩国的时候，我也老想着眼前的景色能让你看看就好了。真奇怪！爷爷在时，我出门旅游时也没那么想过。”

“是因为我们都能轮流出去的缘故吧?而且并不是我一个人在家。那时候，好辛苦啊。”我说。

“要是我们是假面超人 W 的话，你就是菲利普[1]，整天在家检索。”姐姐突然改变话题说。

“……反正我觉得自己不是翔太郎。”我说。

沉默片刻，姐姐又说：“抱歉，你应该早想到去检索松平君的父亲了吧?是觉得不检索是一种美丽吧。这是我在旅途中想到的。”

---

① 菲利普与翔太郎均为日剧《假面超人 W》中的主人公。

刚才说到了“检索”，让她想起了这个话题吧。

“……是。”我说。

“没关系，借这个机会也让我知道了很多事情。”

我还没有告诉姐姐，阿麦他死了。

我认为这样才是美。我心想，过一段时间再把这个怎样得知阿麦死讯的小故事讲给她听吧。

现实中与阿麦母亲的那次见面，在我脑海中还是与梦境含混不清。

蓝天、悲伤的中年妇人空洞的神情，还有红色的太阳花。那天、那个地点，仿佛跨越过次元空间，一下子跳脱出梦境，来到了现实。

那束鲜花，依旧开放在这个现实世界里的阿麦的佛坛前吧。

“我们俩是二位一体。”

姐姐笑了。

“要是叶姐妹或是大森兄弟来抗议，我们就改名为假面橡果超人 W 吧。”

“我想接下来就该是石森[①]公司向我们抗议了。”

再附和着她说下去挺傻的，于是我合上书，站起身。

我们在一步一步前进。虽然看起来像是在原地转圈，可四季轮回，情形改变，我们在一点点长大。

狭小的房间里的那张大床上，儿时的我们就像是小熊学校里的小熊那样一起酣然入梦。在我心底的最最深处，一直珍藏着这幅画面。

在那里，我们俩一直等待着爸爸妈妈，一生都在等待。直到我们俩都去了天堂，见到他们为止。

姐姐先睡了，我跟着她也早早睡下。又梦到了阿麦。

不知道为什么，在梦中，我恍惚觉得“以后再也梦不到阿麦了”，因此梦中的我一直盯着阿麦看。

再也见不到他了吗？不，实际上不是也一直没

---

① 石森章太郎，日本漫画家。代表作是假面超人系列。

有见过他吗？心里这样翻腾着各种念头。

梦中的我和阿麦生活在了一起。在一个陌生的小房间里，窗外可以看到大海。这次是一个二楼的房间，面向海边一条没有铺设的小路，窗外的大海看得清清楚楚。我们住在一处简单装修过的普通公寓里，不像是逗子游艇码头，是另一个世界里的我们的爱巢吗？梦太过自由，时常不着边际。

“看来我们还是不能在一起啊。”阿麦说。

“怎么了？我们不是在一起的吗？”我问。

“我要走了。”阿麦又说。

除了梦中他结婚时的那张照片，这还是我第一次见到长大后的阿麦。

比起小时候，他身材更加结实修长。我还是更喜欢从前那个有点赘肉、给人感觉更质朴的小阿麦。只有那时的阿麦，才是“我的”阿麦。梦中长大后的阿麦，晒得黑黑的，穿着短裤。

“我要回那边去了，很快。”阿麦说。

“你声音没变。”

我抱住他，充满绝望。他现在确确实实在我面前，可我和他已经没有将来。

我觉得有些理解姐姐的心情了。

是啊，和不能永远相伴的人在一起是会上瘾的。

在魔法没有失效之前分手，是多么美妙的一件事情。并非不喜欢，只是，能永久保持这种热度的方法只有这个。

只是一直注视而没有碰触过的他的胸膛，很结实很厚重。现在触手可及，却很快就会失去。

“谢谢你帮我安排。”他说。

我不知道他是指什么。梦中的台词？还是指送花？

只是好久没有见到他一脸诚挚地微笑着向我道谢，不禁有些心神荡漾。我喜欢看这笑容，远远胜过现实中与后面几个男性的交往，胜过做爱。

不觉间画面变了，在一处陌生建筑的中庭里。既没有喷泉，也没有铜像，只有一株低矮的小树。

阿麦身边站着他那时的一位好友。那人皮肤黝黑，高高的个子，身体很健壮。记不起他的名字了，只记得那时他们总在一起玩闹，看上去让人觉得那么幸福。

“真是很谢谢你，帮了我一个大忙。”

不知为什么，不是阿麦，而是他身边的那个男孩子给了我一个拥抱。

我心里还是很欢喜，就像加入到了他们的某个秘密团体之中。

“你身体结实多了呢，以前可是瘦得一把骨头。”

他笑了。我见他头上绑着绷带，想是去过医院了吧。

是我在这个世界里，帮他联系过医院吧。

还是他也在现实世界的某个时期死去了？

追查一下的话会有答案的，可我却并不想知道结果。

“我都三十了呢。”我说。

"是吗。不过，总之还是要谢谢你。"

说话的他一脸温柔。

说完，他大步流星地穿过枯黄的爬墙虎爬满墙壁的中庭走进房子里。只剩下我和阿麦。

阿麦对我说："我替他谢谢你了。"

说完，他从口袋里摸出一块红茶糖来给我。

"这是什么?"

"你不是喜欢红茶吗?"他说。

我记起中学时我喜欢红茶，常常在水壶里泡好带到学校去，休息的时候喝。原来他和我在梦中相会的时候，他心中的我还是中学生那时的我。说不定他以为我死了。我肾脏不好，又弱不禁风。

可我还好好地活着，死了的却是你呀。怎么会这样呢?

"谢谢。"

我接过糖，眼泪止不住地流下来。

这是来自天堂的糖啊。

我把糖放到嘴里，尝了尝。

的确很甜。这一刻，很甜。

“没关系的。”我说。

之后的这些话是从哪里冒出来的呢？它是来自我内心的深处，既不是善良，也不是甜言蜜语，更不是安慰，而是我的真心话。只是如此。我只有一句话，在梦中我下定决心说了出来。

“没有未来也没关系的。只要我们能在一起，哪怕是只有一分一秒也好。我们好好过吧。这样一分一秒积攒起来，哪怕能多在一起一天两天也行。”

绝望中升起一个小小的希望。

他点点头，像是快要哭出来了，却稍稍露出点门牙来。我想，他这是在冲我笑呢。他勉强做出一副笑脸的样子，像极了他的母亲。

能说出来真好。我觉得自己把这些话说出来之后，仿佛得知他死讯时自己中的魔咒被解除了。曾经我心中一直在隐隐作痛，责怪那时的自己在逃避，责怪自己本可以做些什么的。如果无视心中的这些自责，它们将会成为腐蚀我人生的病毒。能把它们清理掉，真是太好了。阿麦的存在给了我力量，让那时的我获得了拯救，对此我心中充满感激。

“谢谢。”

阿麦说：“以前我家附近的那几家店，名叫 58、56 的，都还在吗？”

“我也不在那边住了，不太清楚。”我说。

我还模糊记得，那里有热狗店、冰激凌店，中学生们放学时会路过买点零食。

“是吗，我以为你还去那边呢。”阿麦说。

我一边捡拾着遗落在那里的片片闪光的碎片，一边听着阿麦的话。

“是吗。我离开阿姨家以后，就不去那边了。”

等我回头望去时，阿麦已经不在了。

我想，他一定也是去了他好友去的那个方向。

空荡荡的中庭里，还有许许多多的碎片。一定是事故时的碎片吧。我模模糊糊这样想着。光线射来，那片片金属、片片塑料一闪一闪发着光。心里空落落的。他就这样走掉了。我强装出一副笑脸，心里却难受极了。

我再也不去查什么了。

不管是阿麦中学时代的那位好友是否已经离开了这个世界，抑或是他是否还在那个中庭所在的医院里。

我想，即便这次我不采取什么行动，也不要紧的。

我做得已经足够了，可以不用再多做些什么了。

在那个中庭里，我确确实实见到了他，向他表白了，这就足够了。

梦中的我，表现得那么坚强，这也让现实中的我因此而得到拯救。

现实中的我没有放弃，因而梦中的我才可能触摸到他。梦里，没有谎言，全部是我的真情流露。我想，幸亏自己在该蛰伏的时候蛰伏起来，该行动的时候行动了。

我，真的和姐姐一起去了冲绳。

姐姐很快就订好了票。十二月中旬，我们降落在了那霸机场。穿过机场里那些闹哄哄的各色土特产店以及团队旅行的人群走出去。虽然未至盛夏，外面等待我们的依旧是强烈的阳光与温暖的空气。

午时刚过，我们就已办好了宾馆的入住手续。随后我们租借了一辆汽车，由姐姐驾驶着，向北驶去。

读谷村的陶瓷之乡，我们只在电视上看到过，那里是一处很热闹的陶器市场。

从各地来到这里的人们都在专注地挑选着器皿。

那些用品都是用来美化家居的，因而人们都神情悠然。

站在陶瓷之乡的街道上，我都不知道现在是何时。

是因为那像青虫一样爬满山坡的还保留着昔日模样的制陶窑，还是因为真的有掌管陶瓷的神灵守护在这里，抑或是因为这里都是些以制瓷为生，过着简单生活的人？

这里的人们艰辛劳作，重复着亘古不变的生活。我有种奇异的感觉，觉得自己就像是站在一处遗迹之中。

我仿佛理解了爷爷喜爱这里的陶器的原因。

我心里面总有一处为死去的亲人而留——那里有父母，有叔叔，有爷爷。行走间我总是带着他们的面容。爷爷，这就是烧制你最喜欢的陶器的窑，就是那些人烧制的，你是第一次看到吧？就像这样边想边走。

“为什么不带你男朋友来？”

已经做好准备和甜甜蜜蜜的那二人一起同行的我，觉得好生奇怪，于是问姐姐。

“说是这段时间正好出差。不过也好，我有买礼物给他，有大岭的茶壶和真万的酒器。我想他一定会喜欢的。”

姐姐脸绯红。

“我们家的碗碟也可以换换新了。”我说。

我们两人手里都提着塞满碗碟、茶壶的纸袋。

“今晚去哪儿？去‘乌里赞’吃盐水煮鱼？还是去‘卡拉卡拉&提布瓜’吃墨鱼汁饭团？要不就一家一家吃过去。”姐姐说。

“我想吃炒虾，用石垣岛的辣椒油炒的那种虾。”我说。

“那就去‘卡拉卡拉’吧。明天当然就是去小企鹅餐厅吃冲绳荞麦面，然后给我们家补充上辣椒油，就直奔机场。”

“嗯，一定要买辣椒油。虽说一个人只能买一瓶，不过，有两瓶就能用上一阵子了。可以做辣椒油盖浇饭了。”我说。

“晚上回了宾馆，可要开工了。”

“摆上战利品，一边打包一边干活，肯定很开心。”

"可别喝多了回去。"

"出门旅游，喝多点也不要紧的。"

那些陶窑像是一直蹲在那里倾听着我们的谈话。没有炉火，静悄悄的陶窑，是在等待点火，还是只是在注视着时间的流逝？

风声、火声、窑内人们的汗水、欢笑以及低语，这一切都被大地所吸收。这股巨大的积蓄力量把我紧紧包裹其中。

"真想一辈子过这种日子啊。"姐姐说。

"索性我就做个同性恋，和你上床，吸毒酗酒，匆忙了结这一生算了。"

"那样好吗？"我说。

"有什么不好？那也是一种过法。只不过，我不是那种人，学不来。我们可是一对幸福夫妇的爱女呀。"

包裹在毛茸茸的马丁·马吉拉牌长大衣里的姐姐，一脸浓妆，脸雪白雪白的，看起来楚楚动人。她哧哧笑着。

冲绳的风凉凉的，却很温柔。有什么好得意的？我这样想着，可心里也觉得她说得没错。

那股凉意与温柔混合在一起的感觉，就像是冰激凌融化时的感觉。夏风的气息与冬日的冷冽交替着拂过脸颊。

“你说这些，是不是有预感能和这次的男友长期交往下去？”我问她。

“不是的。”姐姐说。

“没有男人能理解我的这种生活方式，不会有的。我已经不去做那种美梦了。就算这样，我也还是不会改变我的活法，所以我想我们不可能永远在一起。不过，小果你可以的，你可以真心喜欢上一个人，把自己的真实想法告诉他。我希望你能结婚生子，虽然我想那样我会寂寞的。你可一定要让我抱抱孩子啊。”

“说什么呢？真是个急性子！现在就是现在，别想得那么久远。”我说着，向车那边走去。

“待在这种树多又安静的地方，让人觉得一切都像是一场梦。”姐姐笑着说。

“一切是指什么？恋爱吗？”我问。

“不是。”姐姐垂下睫毛，摇摇头，“所有。包括恋爱，还有橡果姐妹、采茶的事、和爷爷一起住的事、那个家、甚至这次旅行。”

“是啊。”我说。

姐姐仰起头，看着天空，长长吸了一口气。

“怎么办呢？要全都是梦的话。要是其实我们已经和爸爸妈妈一起在那场事故中死去了，只是还在做着活着的梦。要是这天空，今天买的陶器，所有这一切都是梦的话。”

“你说的就像我刚看完的那本小说呢。”

我笑了。

“不过即使那样我也不在乎。因为我现在很快乐。”

我真是这么想的。

我根本不是因为快乐而要活下去。

只是受身体、本能驱使而已。

但当身处这么美丽的黄昏，惬意地享受着温暖的空气的包裹，我感受到了快乐。快与不快，就像是潮涨潮落般来了又去。蛰伏期过后，必然会想到外面走走。这种反复如同波浪，远远眺望也好，身处波浪中心也罢，是永不会感到厌倦的。这就是生存着的唯一的喜悦。

"我也是。"姐姐说。

"即便知道是梦，我今天也要喝着泡盛酒[1]，好好大吃一顿。"

即便多一分多一秒也好，就这样一年、两年一步步走下去。

我们把陶器轻轻放进车里，小心翼翼地摆放好，就像是放下熟睡的婴儿，又在四周放上毛毯、靠垫。这时，姐姐笑嘻嘻地说："我们不知不觉来了一个好去处。希望以后也能这样啊。"

她是抽象的所指吗？还是指现在这里？

---

① 冲绳特产烧酒。

我想问她，可并没有问。

不问是一种美丽，是积蓄，也最具风流。它是我所珍视的，是我生命所需的养分。

姐姐发动汽车，转瞬之间陶瓷之乡被我们抛在了身后。

山丘、古老的石墙、奇妙色彩的陶窑，都渐渐远去。再见了，古代世界！现代世界的那霸，我们来了！姐姐从 iPod 里找出一首好听的七十年代的乐曲，又酷酷地戴上太阳镜。我们潇洒地穿过除了房屋与田地其他一无所有的寂静的乡间小路，扬长而去。

虽然现在人在旅途，但我想，即便不是在旅行，生活也如同旅途。在这梦与现实交织在一起，分分合合的辽阔海洋之中，不知要去向何方。

我们橡果姐妹今时今日仍将继续。我在心中呢喃着。

图书在版编目(CIP)数据

橡果姐妹 /（日）吉本芭娜娜著；李萍译.
—上海：上海译文出版社，2018.11（2023.5重印）
（吉本芭娜娜作品系列）
ISBN 978-7-5327-7846-1

Ⅰ.①橡… Ⅱ.①吉… ②李… Ⅲ.①中篇小说—日本—现代 Ⅳ.①I313.45

中国版本图书馆CIP数据核字(2018)第086285号

图字：09-2011-532号

橡果姐妹 どんぐり姉妹	[日]吉本芭娜娜 著 李 萍 译	出版统筹 赵武平 责任编辑 叶晓瑶 装帧设计 尚燕平

上海译文出版社有限公司出版、发行
网址：www.yiwen.com.cn
201101 上海市闵行区号景路159弄B座
江阴市机关印刷服务有限公司印刷

开本 787×1092 1/32 印张 4.25 插页 4 字数 39,000
2018年11月第1版 2023年5月第2次印刷

ISBN 978-7-5327-7846-1/I·4826
定价：46.00元